FRANCINE PASCAL

Sœurs rivales

Traduit de l'américain par
Daniel Richez

Sun Valley

HAUTE TENSION

L'édition originale de ce roman
publiée chez Bantam Boocks, Inc., New York,
dans la collection SWEET VALLEY HIGH, T.M.,
a paru sous le titre :
DOUBLE LOVE

1

« Liz, je suis affreuse ! » gémit Jessica en se plantant ce matin-là devant le miroir de sa sœur. Elle fit quelques pas, toujours tournée vers la glace. « C'est décourageant, j'ai une allure affreuse. »

Le miroir lui renvoyait pourtant l'image d'une silhouette fine et élancée. Allongeant la jambe, elle soupira :

« J'ai la peau sur les os et les genoux cagneux ! Impossible d'aller au collège dans cet état. Aujourd'hui, surtout ! »

Jessica poursuivit son examen. Sa mauvaise humeur était évidente. Elle essayait de lui donner les accents d'un profond désespoir. Rien ne pouvait l'atténuer.

« Si au moins j'avais un visage régulier ! Mais non, on dirait une citrouille plantée sur mes épaules. Mes cheveux n'arrangent rien, ils sont ternes, raides et fourchus ! Je n'ai pas mérité ça ! »

Dans un geste de colère, elle ébouriffa sa chevelure blonde qui retombait en vagues souples. Elle se rapprocha du miroir :

« Et mes yeux ! s'exclama-t-elle en battant des cils, ils sont moches, non ? »

Sans attendre de réponse, Jessica laissa déborder le flot de ses récriminations.

« Je pourrais continuer longtemps. Il y a de quoi en faire un roman fleuve ! Je ne peux pas me voir dans cet état. Pas une minute de plus ! »

Elle se jeta sur le lit qu'Elizabeth venait de faire et enfouit son visage au creux des oreillers.

« Merci quand même ! » se moqua Elizabeth.

Un son étouffé jaillit du milieu du lit.

« Je ne parle pas de toi, grogna Jessica.

— Tu m'as bien dit que tu étais la plus affreuse de tout Sun Valley ? Que tu avais une allure épouvantable, des jambes comme des baguettes de tambour, une tête à faire peur ! Non ?

— Oui et alors ?

— Eh bien ! comme nous sommes jumelles, je ne dois pas être tellement différente de toi ! » remarqua Elizabeth, qui ne put s'empêcher de jeter un coup d'œil inquiet sur la glace pour vérifier.

Le reflet la rassura ! Les deux sœurs avaient les mêmes cheveux dorés par le soleil de la Californie, des yeux en amande, pailletés de vert, et un teint frais éclatant.

Elizabeth et Jessica, nées à quelques minutes d'intervalle, respiraient la santé. Elles avaient au creux de leurs joues des fossettes identiques !

De même taille, un mètre soixante-sept, toutes deux avaient l'habitude de s'habiller de la même façon. Elles portaient au cou un très beau pendentif au bout d'une chaîne d'or, cadeau de leurs parents pour leur seizième anniversaire.

La seule marque qui les différenciait était ce grain de beauté qu'Elizabeth avait sur l'épaule gauche. Leurs amis communs savaient aussi qu'Elizabeth portait une montre bracelet. Jessica estimait que cela ne servait à rien. Le temps ne comptait pas pour elle. Si elle arrivait en retard à un rendez-vous, les autres n'avaient qu'à l'attendre !

La ressemblance des jumelles Wakefield était telle que tout le monde s'y trompait. Pourtant en y regardant de plus près, on pouvait discerner, sous cette apparence identique, un monde de différences. Peut-être cet éclair plus généreux qui brillait parfois au fond des yeux malicieux de Jessica ? Ceux d'Elizabeth ne reflétaient que la bonté et la droiture.

Le téléphone sonna. Jessica se précipita pour décrocher, persuadée que l'appel lui était destiné.

La voix agréable d'un garçon retentit.

« Allô ? Jessica ou Liz ?

— Jessica, bien sûr ! Qui est à l'appareil ?

— Salut, Jess. C'est Todd, Todd Wilkins. Liz est-elle là ? »

Les sourcils de Jessica se froncèrent. C'était à sa sœur qu'un des plus beaux garçons de Sun Valley voulait parler.

Jessica, qui dirigeait le groupe des « fans » au gymnase du collège, avait déjà remarqué Todd Wilkins, la vedette de l'équipe de basket.

L'idée que celui-ci puisse lui préférer Elizabeth lui fut insupportable, aussi s'entendit-elle répondre d'une voix douce :

« Todd, j'aurais dû te reconnaître ! Je suis si heureuse que tu appelles, je voulais justement le faire pour te féliciter. Tu as été vraiment extraordinaire à ton dernier match.

— Heu... merci, Jess, je ne savais pas que tu y assistais. »

Jessica sourit. Elle voyait, d'ici, Todd rougir sous le compliment.

« Mais je me fais un devoir de ne pas manquer un seul de tes matches et d'applaudir les meilleurs joueurs... — et les plus jolis garçons, ajouta-t-elle en elle-même ! — Si tu voulais, tu pourrais certainement passer professionnel ! »

Jessica en rajoutait pour détourner Todd du véritable motif de son appel. En vain. Todd reprit :

« Tu es gentille de me dire ça, Jess. On verra... » Puis après un silence : « Dis-moi, Elizabeth est-elle là ? »

Jessica se rembrunit :

« Je crois qu'elle prend sa douche. »

Plein d'espoir, Todd répliqua :

« Bah, je peux l'attendre.

— Todd, ce n'est pas la peine. Quand Liz est sous la douche, ça dure des siècles !

— Alors, je rappellerai plus tard... » La déception de Todd perçait dans sa voix.

« Tu sais, dès qu'elle sera prête, nous partirons. Si nous ne nous dépêchons pas nous allons être en retard. Ça serait terrible, aujourd'hui : on annonce la liste des admis à *Super Alpha* !... Liz et moi ferions une maladie si nous n'y étions pas ! »

Todd se résigna.

« Bon. Eh bien, bonne chance. Je suis certain que vous n'aurez aucun problème. »

Jessica ressentit un léger sentiment de culpabilité pour avoir menti si facilement. Elle le chassa rapidement, se persuadant qu'après tout, elle n'avait rien fait de mal. Todd n'était pas le copain attitré de sa sœur. Celle-ci, d'ailleurs, devait être à cent lieues de se douter de l'intérêt qu'elle avait éveillé.

Elle raccrochait, lorsque Elizabeth lui demanda qui avait appelé.

« Oh, seulement Todd Wilkins ! Il m'appelait pour me souhaiter bonne chance pour *Super Alpha.* N'est-ce pas adorable ? »

Le cœur d'Elizabeth fit un bond. Elle avait tant espéré cet appel de Todd. Elle s'efforça de ne rien laisser paraître de sa déception.

L'autre jour, n'avait-elle pas surpris son regard, pendant qu'elle faisait la queue à la cafétéria ? Todd, c'était bien lui, grand et bien bâti, qui se tenait non loin d'elle. Rougissante, Elizabeth avait vivement baissé les yeux sur son plateau. Todd avait-il remarqué son trouble ? Dans l'après-midi, il s'était assis à côté d'elle pendant le cours de chimie de M. Oldham. Sa présence silencieuse lui avait fait très plaisir. Après le cours, Elizabeth avait de nouveau croisé son regard. Ils s'étaient souri au même moment et elle s'était sentie au comble du bonheur.

Hier, nonchalamment appuyé à la balustrade du perron, sa chemise bleu ciel échancrée sur son torse bronzé, Todd l'avait attendue à la sortie.

A sa vue, le cœur d'Elizabeth s'était emballé comme un cheval au galop. Quand il l'avait aperçue à son tour, un léger sourire avait éclairé son visage. Lui aussi était timide, avait-elle pensé.

« Salut, Liz, je... je me demandais si tu avais, par hasard, le texte de l'interrogation de chimie ? J'ai oublié de le recopier.

— Le texte de l'interro ? » Elizabeth n'avait pu détacher son regard de Todd. « Heu... oui, je crois que je l'ai dans mes affaires. »

Frénétiquement, elle s'était mise à fouiller dans ses classeurs, cherchant le texte qu'elle avait griffonné en hâte sur une feuille volante.

« Es-tu toujours aussi bien organisée ? avait demandé Todd malicieux.

— Seulement quand il s'agit de chimie ! »

Elizabeth avait prié pour qu'il ne vît pas sa confusion. Lorsqu'elle l'avait quitté, elle s'était sentie légère, avec l'impression de voler à un mètre du sol.

Et voilà qu'aujourd'hui elle découvrait que Todd lui préférait Jessica. Son rêve venait de se briser. Pourvu que Jessica ne s'en doute pas ! Elle aborda un sujet moins personnel.

« A propos du club, as-tu pensé à ce que nous allions mettre ? »

A midi, en effet, les deux jumelles devaient enfin savoir si elles étaient admises à *Super Alpha*, le club le plus prestigieux de Sun Valley High, d'après Jessica, le plus snob, pour Elizabeth !

« Oui, mais quoi ? gémit Jessica, revenant à ses idées fixes : Je n'ai rien de bien.

— Veux-tu que je te prête mon nouvel ensemble ? » proposa Elizabeth. Elle avait pensé le porter elle-même pour impressionner Todd, mais maintenant cela n'avait plus d'importance.

« Ça n'arrangera rien », gémit sa jumelle.
Elizabeth haussa les épaules.

« C'est une idée qui m'était venue... »

Elle commença à rassembler ses livres de cours.

« Au fond, oui, pourquoi pas ? reprit Jessica vivement. Tu me prêteras aussi le foulard qui va avec ?

— Oui, mais à une condition, je veux que tout soit de retour, nettoyé, repassé, dans mon armoire, avant le week-end !

— Juré ! » s'écria Jessica.
Elizabeth sourit :

« Tu as gagné !

— Elizabeth, c'est bien toi la meilleure ! s'écria Jessica en se précipitant sur l'armoire. Au moins, je ne serai pas trop affreuse pour le plus grand jour de ma vie !

— Allons, Jess, gronda gentiment Elizabeth, ce n'est tout de même pas si important. Je me demande si je n'aurais pas mieux fait de ne pas poser ma candidature.

— Comment peux-tu dire une pareille ânerie ? s'écria Jessica. Tu sais bien à quel point il est important d'appartenir à un club d'étudiants et celui-là réunit les plus intéressants d'entre eux.

— Tu veux dire les plus prétentieux ! »

La discussion avait déjà commencé deux semaines plus tôt, quand Jessica avait bataillé pour qu'elles posent leur candidature. Elizabeth avait cédé rapidement. D'abord parce qu'elles étaient habituées à faire toujours tout ensemble. Ensuite parce qu'elle ne voulait pas qu'un sujet aussi futile puisse semer la discorde entre elles.

Jessica avait affirmé que les épreuves préliminaires n'avaient rien d'exceptionnel : « Que des choses amusantes, sans importance... »

« Amusantes ! » La première consistait à commander une pizza chez Guido, la pizzeria à la mode, et à la faire livrer au beau milieu de la classe de chimie.

« Je mourrai de honte », pensa Elizabeth. Rien qu'à l'idée de la réaction de son professeur, elle se sentait pétrifiée.

Bob Oldham était en effet le plus brillant, mais aussi le plus exigeant de tous les professeurs de Sun Valley High.

Son caractère était déroutant et son humour mordant.

Quand on avait dit une bêtise, on ne savait jamais s'il allait vous mettre en pièces ou vous abandonner à votre triste sort, couvert de honte. C'était terrifiant.

Et maintenant cette histoire de pizza !...

« Ça sera tordant ! » s'était esclaffée Jessica. Ça l'avait été, en effet !

Un livreur casqué des écouteurs de son walkman, avec un tablier taché de sauce tomate, était entré dans la classe, portant à bout de bras une énorme pizza, fumante, remplissant la pièce d'odeurs de fromage, d'oignons et de marjolaine. Il était resté muet, regardant d'un air indécis M. Oldham qui écrivait une formule compliquée au tableau.

« Oui ?

— Votre pizza, monsieur », avait balbutié le livreur. Alors, la classe était partie d'un fou rire inextinguible. Le visage d'Elizabeth s'était empourpré au point de prendre la couleur de la sauce tomate qui tachait le tablier du livreur.

« Je vous demande pardon ? » demanda distraitement M. Oldham, l'esprit encore à sa leçon. Il avait déclenché, bien sûr, une nouvelle tempête de rires.

« Une double pizza aux poivrons pour... — le livreur examinait son bon de commande —... pour Elizabeth Wakefield. »

Cette fois, Elizabeth était devenu cramoisie. Tous les regards s'étaient tournés vers elle avec stupeur. Elizabeth Wakefield, la plus sérieuse, la plus pondérée des jumelles, était devenue folle.

En vérité, Elizabeth savait bien qui avait commandé la pizza et l'avait fait livrer à son nom.

« Très bien, avait déclaré M. Oldham. Elizabeth, est-ce que par hasard vous nous proposeriez un nouveau sujet d'expérience ? »

Les rires avaient fusé de plus belle. Elizabeth était paniquée. Que répondre ? Après un regard de détresse à Jessica, elle avait vite compris qu'elle aurait à se défendre seule. Sa sœur avait pris un air angélique et détaché.

« Heu... oui, monsieur — Elizabeth cherchait vainement une échappatoire —, vous voyez... nous nous demandions quelle serait la température d'une pizza après le trajet de la pizzeria à notre classe... ici... et.. heu... »

Même M. Oldham n'avait pu s'empêcher de sourire. Après avoir fouillé dans un tiroir, il avait exhibé un thermomètre.

« Je vois. Eh bien, prenons la température de la pizza avant qu'elle ne subisse une transformation chimique que l'on appelle communément la digestion ! »

Ainsi les deux sœurs s'étaient sortics sans trop de mal de la première épreuve. Elles surmonteraient bien les autres...

La deuxième consistait à faire remettre un télégramme en vers à « Crâne d'acier », M. Cooper, le principal du collège. Il était très collet monté.

Enfin, la dernière : de quoi donner la nausée aux habitués de la cafétéria : colorer en rouge sang la purée de pommes de terre...

Bref, le jour était arrivé. A midi elles sauraient si oui ou non elles étaient admises à *Super Alpha*.

Jessica avait barré d'une croix la page de son agenda : rien au monde ne devait troubler cette journée, excepté le fait de ne pas être admise, ce qui lui semblait impossible.

Pour Elizabeth, qui s'efforçait à garder son calme, la journée était déjà gâchée : ce coup de téléphone de Todd à Jessica avait réveillé son angoisse.

Ce n'était pas difficile de voir laquelle des deux Todd préférait. Comment aurait-il pu en être autrement ? Qui pouvait lutter contre l'éblouissante Jessica Wakefield ?

Jessica avait commencé son petit déjeuner quand Elizabeth vint s'asseoir à table.

« Votre père va encore travailler tard, annonça leur mère ; Alice, en apportant des toasts.

— Que se passe-t-il au bureau, papa ? Vous vous agrandissez ? Vous cherchez à absorber une société concurrente ? » demanda Jessica. Son père eut un demi-sourire. Pour ses filles, Ned Wakefield était un « fonceur ».

« Les deux à la fois, et d'autres affaires importantes, qui pourraient avoir de sérieuses conséquences pour l'équipe de football de SVH. Le terrain de jeux va devenir un véritable champ de bataille !

— Vraiment ? Qu'y a-t-il au juste ? demanda à son tour Elizabeth.

— Je ne peux encore rien dire. C'est trop tôt... et trop compliqué, répondit leur père. Marianna et moi travaillons là-dessus et une fois de plus nous y passerons une partie de la soirée. Ces nouvelles vous suffisent-elles ?

— OK, mystérieux papa ! dit Jessica en riant.

— Jessica, intervint sa mère, ne dois-tu pas, toi aussi, rentrer tard ? Tu fais partie de l'équipe des supporters ce soir ?

— Exact. Je ne serai pas de retour avant sept heures, au plus tôt.

— Et toi, Liz, n'as-tu pas une séance de travail à ton journal de l'école, *L'Oracle* ?

— Oui, c'est vrai. J'ai l'impression que le clan Wakefield va faire des heures supplémentaires ! plaisanta la jeune fille.

— Dans ces conditions... commença Alice Wakefield — Elizabeth et Jessica étaient suspendues à ses lèvres —... dans ces conditions, je vous permets de prendre la Fiat aujourd'hui », finit-elle par déclarer.

Les jumelles sautèrent de joie. A de rares occasions leurs parents les autorisaient à conduire la seconde voiture de la famille, un petit cabriolet rouge, pour se rendre au collège.

Jessica s'exclama en repoussant sa chaise :

« Fantastique ! Ça va être une journée super ! Conduire MA Fiat en portant MON ensemble neuf ! Ouvrez grands vos yeux, habitants de Sun Valley ! »

Sa mère l'interrompit :

« Désolée, ma chérie, mais c'est Liz qui conduira.

— Quoi ? » Le cri de Jessica emplit la cuisine et le living de la maison.

« Jessica, tu sais bien que tu n'as pas le droit de conduire pendant trois semaines ; ce n'est pas la peine de me faire ces yeux, c'est bien toi qui as eu un accident ! »

Jessica explosa :

« Ce n'est pas juste. Si je dois être traitée comme une gosse, je n'irai pas au collège ! Tant pis. En fait, Liz est le chouchou et moi je ne compte pas ! »

Elizabeth se tourna vers sa sœur et tenta de la raisonner :

« Allons, Jess, tu ne voudrais pas rater la séance d'aujourd'hui pour tout l'or du monde. Que ferait *Super Alpha* sans TOI ? Viens, dépêchons-nous, sinon nous allons être en retard. »

« Un accident ! » marmonna Jessica après être montée dans la voiture qui s'engageait dans Sun Valley, un des plus jolis coins de la Californie.

« Pour une malheureuse éraflure sur le pare-chocs ! on dirait que j'ai embouti au moins six voitures sur l'autoroute de Los Angeles !

— Ta petite éraflure a coûté deux cents dollars de réparations », répliqua Elizabeth en souhaitant mettre un terme aux récriminations de sa sœur et jouir du paysage splendide offert par la vallée.

Souvent, Elizabeth pensait qu'elles avaient de la chance de vivre à Sun Valley. Tout y était merveilleux, les collines ondulant doucement dans la campagne, les vallées paisibles et les admirables plages de sable blanc à portée de la main. Les deux sœurs avaient une raison de plus d'être heureuses depuis que leurs parents avaient fait construire une piscine dans le jardin de la maison.

« Tu ne préférerais pas vivre sur la colline comme les Patman ou les Burton ?

— Tu ne peux pas être sérieuse, Jess ? » gronda Elizabeth.

En réalité elle savait que sa sœur l'était quand elle parlait de vivre sur cette colline, où d'imposantes propriétés s'étalaient à flanc de coteau.

« Papa se débrouille bien, continua Elizabeth, il travaille dur. Presque tous les soirs il est retenu au bureau.

— Justement, Liz, je me pose des questions au sujet de ces retards continuels. Cela ne te semble pas bizarre ?

— Que veux-tu dire ?

— Eh bien, papa passe la plupart de ses soirées dehors. Une fois j'ai appelé son bureau, et c'est cette femme, la nouvelle avocate, qui m'a répondu.

— Tu veux parler de Miss West ?

— Oui, mais tu as entendu papa l'appeler MARIANNA, ce matin !

— Et alors ? C'est son nom ! » répliqua Elizabeth, essayant de paraître naturelle. Elle aussi s'était posé des questions sur son père et Marianna.

« Je ne sais plus quoi penser, Liz. Cette Marianna avait l'air bien séduisante au téléphone !

— Ecoute, Jessica, par moments je me demande si tu n'es pas folle !

— OK, OK, ne monte pas sur tes grands chevaux. »

Jessica jeta un coup d'œil sur les magnifiques villas que l'on voyait de la route, et poussa un profond soupir.

« Je ne dis pas que je n'aime pas notre maison, mais cela ne doit pas être désagréable d'avoir un tas d'argent comme Bruce Patman ou Lili Burton !

— Tu oublies ce qui va avec, ironisa Elizabeth.

— Tu veux parler des domestiques et des voitures ?

— Jess, tu sais très bien de quoi je veux parler : des perpétuelles intrigues entre gens de ce monde. Les Patman convoitent toutes les vieilles pierres de Sun Valley pour y vivre comme il y a cinquante ans. Les Burton sont avides d'acheter chaque pouce de terrain disponible pour y bâtir de nouvelles maisons. Tu trouves cela intéressant ? »

Jessica, avec son habituelle désinvolture, fit dévier la conversation quand elles arrivèrent en vue du collège.

« S'il te plaît, Liz, laisse-moi conduire jusqu'au parking !

— Voyons, Jess, tu te souviens de ce qu'a dit maman ? »

Jessica se recroquevilla sur son siège et imita méchamment sa sœur : « *Tu te souviens de ce qu'a dit maman*... Il y a des jours où je me demande comment une fille aussi ennuyeuse peut être ma sœur ! »

Sans répondre, Elizabeth gara la Fiat dans une place libre du parking réservé aux étudiants, et demanda :

« Qu'est-ce que cela t'aurait apporté de conduire sur deux mètres, hein ?

— Rien, bien sûr, tante Fanny ! »

Elizabeth soupira. Ce ton laissait prévoir l'orage.

« Dans quelques jours on te rendra ton permis et on n'en parlera plus ! » dit-elle, encourageante.

Mais Jessica n'écoutait déjà plus. Elle avait sauté de la voiture et claqué si violemment la portière qu'Elizabeth sursauta. Pourquoi fallait-il, avec Jessica, que la moindre discussion prenne cette tournure désagréable ? Sans que l'on sache comment tout allait de travers. Elizabeth n'avait fait qu'obéir à sa mère, et c'était elle qui se sentait en faute !

Elle sortit de la voiture à son tour, et fit face à Jessica dont les yeux luisaient de colère.

« Jess, je t'en prie, écoute, je demanderai à maman de te laisser conduire demain ! »

Jessica ricana :

« Demain... C'est toi tout craché ! C'est aujourd'hui que j'en ai envie. Demain, je n'aurai plus besoin de ton aide... »

Elle n'était pas d'humeur à se laisser raisonner et s'éloigna sans jeter un regard à sa jumelle.

Elizabeth n'insista pas. Elle allait s'éloigner à son tour, quand elle aperçut Enid Rollins, sa meilleure amie, qui lui faisait de grands signes. Il y avait anguille sous roche ! Enid avait paru rudement surexcitée quand elle lui avait téléphoné, l'autre soir. « J'ai quelque chose de très important à te confier », avait-elle chuchoté.

Elizabeth mourait d'envie de savoir de quoi il retournait. Mais Jessica ne bougeait pas, boudeuse.

« Jess, il faut que je parle à Enid, je te laisse...

— Comment peux-tu avoir pour amie une fille aussi moche ? Je ne tiens pas à la rencontrer.

— Enid est une fille merveilleuse, Jess !

— Enid est une idiote, et de plus il y a en elle quelque chose de bizarre. »

Sur ce dernier trait, Jessica tourna la tête. Mais que vit-elle pour que sa colère tombât d'un seul coup ?

Elle se jeta rayonnante dans les bras d'Elizabeth, la soulevant presque de terre.

« Bon ! Je te pardonne ! Va voir Enid. Je te reverrai à midi. »

Elizabeth, surprise, mais habituée à ces sautes d'humeur, embrassa Jessica et courut rejoindre Enid.

« Alors, cette grande nouvelle ? demanda-t-elle en se mettant au pas de son amie.

— Chchut ! pas si fort, Liz, souffla Enid en jetant des regards apeurés autour d'elle et en rougissant, comme si tout le collège était là et tendait l'oreille pour l'espionner.

— Ne sois pas bête, Enid, personne ne nous écoute. »

Mais Enid restait inquiète, Elizabeth comprit qu'il se passait quelque chose de vraiment grave.

Enid était devenue la meilleure amie d'Elizabeth, un an plus tôt, le jour où elles s'étaient trouvées côte à côte aux cours d'anglais.

Elizabeth trouvait Enid sensationnelle, avec ses cheveux tombant à mi-épaules et ses grands yeux verts. Malgré son air paisible elle pouvait se montrer astucieuse et drôle. Et elle était loin d'être stupide, comme le prétendait Jessica.

Jessica estimait que toute personne « tranquille » était forcément ennuyeuse. Or, Enid avait seulement, de temps à autre, un air grave comme si elle savait ce que les autres ignoraient encore, ou comme si elle avait un secret à garder.

Tandis qu'elles s'approchaient du portail du collège, Elizabeth vit le beau Bruce Patman entrer dans le parking au volant de sa Porsche noire. Enid posa la main sur le bras de son amie :

« Asseyons-nous un instant, veux-tu ? »

Elizabeth se laissa tomber sur l'herbe auprès d'elle, avide d'entendre la suite.

« Alors... ? »

Enid rougit et sourit d'une manière si radieuse que son visage en fut transfiguré.

« Qui est-ce ? demanda Elizabeth.

— Quoi ? » Enid la regarda stupéfaite.

« Tu m'as entendue ! Qui est-ce ? »

Enid secoua la tête, abasourdie :

« Comment peux-tu deviner aussi vite ? Tu devrais être détective ou écrire des romans policiers ! »

Ce fut au tour d'Elizabeth de rougir. Enid connaissait-elle son rêve secret de devenir écrivain ? Pas seulement journaliste, reporter, comme elle jouait à le faire à *L'Oracle*, mais une véritable romancière !

Pour le moment elle s'entraînait en tenant dans le journal de l'école une rubrique intitulée « Les Yeux et les Oreilles ». Jusqu'à présent personne n'avait percé son secret. Elle n'osait en souffler mot, même à sa meilleure amie. Seul M. Collins, le rédacteur en chef, était au courant. Souvent elle avait été tentée d'en parler à Enid ou à Jessica, mais elle y avait renoncé. Il faut préciser qu'il était de tradition, au collège, de jeter tout habillé, dans la piscine, le responsable des articles si l'on découvrait son identité avant la fin de l'année scolaire. Elizabeth n'avait donc nullement l'intention de se laisser démasquer.

Elle se demandait maintenant jusqu'à quel point Enid avait deviné. Mais ses craintes étaient vaines : Enid avait l'esprit ailleurs. Elle lâcha finalement :

« Devine qui m'a appelée ?

— Qui ? Dis-le-moi.

— Ronnie Edwards, le nouveau dans la classe de Mlle Markey. J'avais bien remarqué qu'il me regardait à la cafétéria, dit-elle rêveusement.

— Il a l'air si timide, jamais il ne dit un mot ! »

Enid protesta :

« Il faut apprendre à le connaître. Tu sais, il y a des gens qui se livrent moins facilement que d'autres.

— Ça, je le sais ! »

Enid ne croyait pas si bien dire. D'ailleurs, toutes les deux n'avaient-elles pas mis du temps avant de devenir amies ?

« Pourquoi t'appelait-il ?

— Pour me demander si je voulais l'accompagner au bal de *Super Alpha* !

— Extra !

— N'est-ce pas ?... Je suis si contente. Au fait, avec qui y vas-tu toi-même ?

— Je ne sais pas encore.

— Ne t'inquiète pas. Il finira bien par t'y inviter !

— Qui donc ?

— Ne joue pas les innocentes ! »

C'était un des traits de caractère qu'elle aimait chez Enid. Elle vous assenait la vérité sans avoir l'air d'y toucher.

Enid était au courant du penchant d'Elizabeth pour Todd, mais elle était trop discrète pour y faire une allusion plus précise.

Elizabeth allait lui demander d'autres détails sur son idylle avec Ronnie lorsque les yeux d'Enid s'écarquillèrent. Elle poussa Elizabeth en arrière : « Attention ! Elle est folle ! »

Comme une flèche un petit bolide rouge passa en les frôlant, fila à toute allure vers la sortie et s'arrêta dans un crissement de pneus près de la Porsche de Bruce Patman.

Jessica !

Elizabeth jeta un coup d'œil à l'emplacement où elle avait garé la Fiat : vide ! Elle fouilla dans la poche où elle avait glissé les clefs : envolées !

Elle se rappela la soudaine étreinte de Jessica, qui, c'était sûr, en avait profité pour lui subtiliser les clefs.

« Je te vois à midi, Enid, j'ai deux mots à dire à ma chère petite sœur !

— OK, mais ne parle à personne de ce que je t'ai dit !

— Ne t'inquiète pas ! »

Elizabeth marcha à grands pas vers les deux voitures arrêtées côte à côte. Le beau Bruce Patman s'appuyait d'un air suffisant au volant de sa superbe voiture de sport. Jessica était accoudée à la portière.

« Cette fois, ça va barder ! » pensa Elizabeth en se dirigeant vers eux.

Hors d'elle, elle ne vit même pas qu'un garçon essayait de la rattraper en courant à ses côtés.

« Hé là, qu'est-ce qui t'arrive ? » C'était Todd Wilkins, tout souriant. « J'espérais pouvoir te parler un peu ? »

Elizabeth sursauta, Todd Wilkins, le garçon de ses rêves, était là, près d'elle.

Elle bredouilla :

« Heu, oui... qu'y a-t-il ? »

Puis elle pesta intérieurement. Pourquoi, chaque fois qu'elle avait la chance de se trouver près de Todd, devenait-elle si stupide ?

Todd éclata de rire :

« L'as de l'interview ! Directement au cœur du sujet ! »

L'atmosphère se détendit. Ils rirent tous deux de bon cœur.

La sonnerie retentit et les élèves commencèrent à se diriger vers les salles de cours.

« Je me demandais si... » commença Todd, mais il fronça les sourcils et murmura : « Nous allons être en retard, écoute... peut-on se voir après l'entraînement de basket ? »

Le cœur d'Elizabeth battit plus vite :

« D'accord. J'ai à faire à *L'Oracle*. Veux-tu que nous nous retrouvions sous l'horloge à cinq heures ?

— J'y serai. »

Sous le charme, Elizabeth regarda Todd s'éloigner de sa démarche souple. Puis se souvenant de Jessica, elle jeta un coup d'œil sur les voitures. Jessica était déjà partie. En soupirant, Elizabeth rejoignit le flot des élèves qui entraient en se hâtant.

Entre les cours, les couloirs de SVH faisaient penser à une scène de *La Guerre des Etoiles*. Allées et venues en tous sens, bousculades, livres et cahiers tombant à terre.

Elizabeth était justement en train de ramasser les siens, lorsque Jessica accourut, souriant d'une oreille à l'autre.

« J'ai des nouvelles super, Liz ! »

Toujours à genoux, Elizabeth releva les yeux. Comment Jessica s'arrangeait-elle pour ne jamais se trouver dans une situation aussi ridicule ? C'était un de ses atouts : si jamais ses affaires tombaient à terre, il se trouvait toujours un garçon pour les lui ramasser !

« De quoi s'agit-il, Jess ? C'est à propos du bal ?

— Tu verras, Liz. Mais relève-toi donc, tu es grotesque à quatre pattes ! »

Elizabeth serra les dents pour ne pas exploser une fois pour toutes. Lorsqu'elle se redressa enfin, ce fut pour s'apercevoir qu'elle avait oublié de réclamer à Jessica les clefs de voiture et que sa chère sœur s'était envolée !

A midi, au moment où le président du club allait annoncer la liste des nouveaux membres, Jessica se pencha vers Elizabeth et chuchota :

« Je crois que Todd va m'inviter à la fête de *Super Alpha.* »

Cette fois Elizabeth sentit quelque chose se déchirer dans sa poitrine. Ses larmes jaillirent sans qu'elle puisse les retenir.

« Elizabeth Wakefield, annonça le président, toutes nos félicitations. Où êtes-vous, Elizabeth ? Venez sur l'estrade rejoindre les lauréats ! »

Les têtes se tournèrent vers elle, pleurait-elle de joie ? Rassemblant son courage, elle se leva, incapable d'affronter le regard de sa jumelle. Jamais plus elle ne pourrait lui avouer ses véritables sentiments pour Todd. Pas plus que lui barrer la route.

Jessica la tira par la manche alors qu'elle se préparait à monter vers la tribune

« Et moi, pourquoi ne m'a-t-on pas appelée ? » souffla-t-elle.

Le président poursuivit : « Clara Walker. Félicitations ! »

Jessica applaudit son amie du bout des doigts. Arrêtée dans son élan, Elizabeth s'était rassise. Pouvait-elle accepter sa nomination tant que le nom de sa sœur ne serait pas appelé ? Après tout, si elle avait accepté de poser sa candidature à *Super Alpha* c'était pour accompagner Jessica et rester ensemble. Lili Burton, une amie de Jessica, puis Enid Rollins qui n'avait posé sa candidature que pour accompagner Elizabeth furent également nommées. Elizabeth applaudit à tout rompre. Mais toujours rien pour Jessica.

Etait-il possible qu'elle ait été recalée ? Jessica, capitaine des supporters de l'équipe de basket, la belle, la célèbre Jessica !

Avec un sourire avenant, le président annonça : « Enfin, Jessica Wakefield ! Toutes nos félicitations, Jessica. »

Alors, les deux jumelles se hâtèrent vers la tribune. Elizabeth avait encore les yeux rougis, mais Jessica était rayonnante. Déjà, elle s'informait sans vergogne :

« Il y a tant de choses que je voudrais apprendre sur *Super Alpha* ! Par exemple... combien de voix faut-il pour être élue présidente ? »

Elizabeth passa le reste de l'après-midi à accumuler les retards, bien malgré elle : au bureau du journal, par exemple, en écrivant son article et en le relisant avec M. Collins.

N'est-ce pas toujours ainsi quand on a un rendez-vous important ?

Todd l'attendait depuis un bon moment sous la grande horloge.

De quoi voulait-il lui parler ? Si seulement il pouvait l'inviter à la fête et au bal, si elle y allait avec lui, tout serait oublié... Elle pardonnerait même à Jessica de lui avoir chipé les clefs de la Fiat.

« Il ne faut pas m'en vouloir d'être en retard », murmura Elizabeth pour elle-même. Elle dévala les marches du perron et se précipita vers la grande horloge romantique, orgueil de SVH. Tout d'abord elle ne le vit pas. Mais en s'avançant sous le porche, elle l'aperçut : il se dirigeait vers la Fiat.

Quand il prit place au côté de Jessica, Elizabeth sentit son cœur chavirer. La stupeur la paralysa. Déjà la voiture faisait demi-tour et s'élançait vers la sortie.

3

« Salut, il y a quelqu'un ? » L'appel fit sortir Elizabeth de sa chambre.

« Steven !

— Sauf erreur, c'est bien l'une des affreuses jumelles Wakefield que j'aperçois ? Alors, on ne salue plus son grand frère ? »

Elizabeth dégringola les marches et se précipita dans ses bras.

« Tu ne pouvais pas mieux tomber », dit-elle en éclatant de rire pour la première fois de la journée.

Se libérant des bras de sa sœur, Steven lui lança un regard interrogateur :

« Que se passe-t-il ?

— Oh, rien, mentit Elizabeth, juste un peu de cafard... et je commençais à m'ennuyer de toi.

— Je le comprends ! Afreux, mais indispensable, le grand frère ! »

Le frère et la sœur se regardaient en souriant. Une profonde affection les unissait. Elizabeth tenait de sa mère sa blondeur et sa beauté, tandis que le type brun de Steven le faisait ressembler à Ned Wakefield, en plus jeune. Dépassant le mètre quatre-vingts, avec des yeux bruns expressifs, mince et sportif d'allure, il était depuis longtemps la coqueluche des amies d'Elizabeth et de Jessica.

Tous deux avaient commencé ce jeu qui consistait à se traiter d'*affreux* un mortel après-midi où ils avaient dû supporter les discours bêtifiants d'une parente éloignée : *Quels enfants adorables... comme ils sont gentils, comme ils sont mignons*. Seule Jessica ne s'ennuyait jamais quand on parlait de sa beauté !

« Tu veux que je t'avoue la vérité, petite sœur ? Je meurs de faim ! Si tu insistes pour me préparer un casse-croûte, je te jure de ne plus me plaindre de tes talents culinaires.

— Quoi ? Te préparer un sandwich ? Mais j'ai mille choses plus importantes à faire ! »

Elizabeth ne pouvait résister à cette tête de chien battu que prenait son frère quand il voulait quelque chose.

« Bon, allons voir ce qu'il y a dans le réfrigérateur. »

Pendant que Steven s'installait confortablement à table, Elizabeth fit l'inventaire des provisions.

« Quoi de neuf sur le front familial ? » demanda-t-il.

Elizabeth lui tournait le dos.

« Ça va, tout est calme », murmura-t-elle. S'approchant de la table, elle y déposa de la viande froide, de la moutarde, des cornichons, pain, beurre et un litre de lait.

« Oui, tout va bien comme d'habitude. L'école, la maison.. la routine, tu sais... »

Devait-elle lui parler de Todd ? Ou de Jessica ? Ou de Jessica et de Todd ? Maudissant le rapprochement de ces deux noms, elle préféra se taire. Ce serait déloyal de placer Steven dans cette situation d'arbitre.

« Routine, tu as bien dit routine ? Aurais-tu par hasard perdu l'art de t'exprimer ?

— Fiche-toi de moi ! Tu vas le regretter !

— Je me rends », s'esclaffa Steven en levant les bras. Puis plus sérieusement, pendant qu'Elizabeth lui préparait un énorme sandwich : « Tu sais, Liz, les grands frères savent très bien écouter leurs petites sœurs ! »

Elle sourit, émue par l'affection de Steven.

« Steven, c'est vrai, tout va bien. » « Ou tout ira bien quand je serai morte et que je ne penserai plus à Todd », se dit-elle. « Maintenant, si tu as fini de me mettre sur le grill, pourrais-tu me dire ce qui te ramène à la maison quatre fois de suite ? Je croyais que les étudiants des célèbres universités passaient leurs loisirs à donner des rendez-vous aux étudiantes de non moins célèbres écoles !

— Bof, j'aime bien me retremper dans le bain familial. »

Elizabeth aurait juré qu'il rougissait.

« Bien sûr, Steve. Aussi sommes-nous ravis du quart d'heure que tu nous accordes chaque weekend ! Ce que je meurs d'envie de savoir, c'est où tu passes le reste du temps ?

— Avec de vieux amis... » Puis, il éclata de rire. « Tu deviens bien curieuse !

— Parfaitement ! Aussi reprendrai-je bientôt cet interrogatoire !

— Curieuse, indiscrète et étrange ! Quel mélange ! marmonna-t-il en mordant dans son sandwich. Et Jessica et les parents ? Comment ça va ?

— Jess, ça va. Les parents aussi, je suppose.

— Tu supposes ? dit-il entre deux bouchées.

— Ils sont tellement occupés que je les vois à peine. Maman est toujours en train de courir après un client. Son atelier de mode marche très fort. Et papa est toujours dehors. Il travaille sur une autre affaire avec un nouvel avocat : elle s'appelle Marianna West. Je crois qu'elle était mariée à ce célèbre cardiologue, Gareth West.

— Papa et une femme divorcée ? Hum... » Steven haussa les sourcils.

« Mon Dieu, Steve, tu as l'esprit aussi mal tourné que Jessica : "Quand je serai mariée, je ne laisserai pas mon mari seul des heures avec une jolie divorcée", dit-elle en singeant sa sœur.

Steven en avala de travers tant l'imitation était parfaite.

« Jess ne laisserait même pas son mari sortir en laisse ! » conclut-il.

La porte du jardin s'ouvrit à ce moment et Jessica entra, arborant son sourire des grands jours.

« Steve, s'écria-t-elle, en se jetant dans ses bras, je ne savais pas que tu devais venir ce week-end. » Elle se recula pour mieux le voir. « Tu es absolument magnifique ! Quelle chance nous avons, Liz, d'avoir pour frère le plus beau garçon de la région !

— Quoi, cette horreur ?

— Oui, cette horreur, surenchérit Steven.

— Quand cesserez vous de faire les imbéciles ? Vous ne trouveriez pas ça si drôle si vous étiez vraiment laids ! » s'écria Jessica, frissonnant à cette idée.

Mais Elizabeth n'écoutait déjà plus et débarrassait la table, tout en brûlant d'envie de demander à sa sœur où elle était allée avec Todd. La réponse risquant d'être encore plus décevante, ses yeux se remplirent de larmes. Elle dut faire un effort pour les empêcher de couler. Après tout, si Todd préférait Jessica ; que pouvait-elle faire ? Eh bien, mourir ! Voilà tout !

Cette sinistre pensée fut interrompue par un cri de Jessica :

« Tu n'as pas parlé à Steve de *Super Alpha* ? Comment peux-tu oublier de lui raconter quelque chose d'aussi important ?

— Que se passe-t-il à *Super Alpha* ?

— Ça y est, Steve, on a gagné ! Aujourd'hui après le déjeuner nous avons été élues membres du club le plus prestigieux du collège !

— Il n'y a pas de quoi en faire un plat, dit Elizabeth.

— Tu devrais sauter de joie, Elizabeth ! protesta Jessica, scandalisée. Il y a sept cent trente-sept imbéciles qui brûlent d'entrer dans le club, tu y es admise et tu n'es même pas contente ?

— C'est difficile de sauter de joie quand tu as mal aux pieds !

— Pour l'amour du ciel, qu'est-ce que tes pieds ont à faire avec *Super Alpha* ?

— Figure-toi qu'ils sont en compote, parce que j'ai trop marché pour rentrer à la maison », répondit Elizabeth d'une voix calme mais menaçante.

Sentant gronder l'orage, Steven se leva :« Mes jolies, je n'aime pas me lever de table à la dernière bouchée, mais j'ai à faire et je dois prendre une douche avant. »

Les jumelles l'ignorèrent.

« A tout à l'heure, jeta Steven, ne faites pas trop souffrir les garçons pendant ce week-end. Les cœurs brisés, c'est si triste ! » Il soupira et un curieux sourire se dessina sur ses lèvres.

Jessica se tourna brusquement vers lui pour couper court à une dispute qui risquait de tourner à son désavantage.

« Steve, j'ai une idée formidable ! Si tu n'as rien de particulier à faire pendant le week-end, je pourrais t'arranger un rendez-vous avec Clara Walker ?

— Clara Walker ?

— Tu te souviens bien de Clara, Steve ? Une grande brune aux cheveux longs, championne de tennis ! C'est une de mes meilleures amies. Elle t'admire beaucoup.

— Oui, oui, je me la rappelle. Elle est gentille, mais un peu jeunette pour moi.

— Steve, Clara a beaucoup grandi. Elle a l'âge de sortir avec des garçons de l'Université !

— Merci, Jess. Mais j'ai d'autres projets.

— Lesquels ? Qui est-ce ? Une fille qui vit ici ?

— Deux sœurs aussi curieuses, c'est trop pour un seul homme », jeta Steven, exaspéré cette fois. Il quitta la pièce. Elles l'entendirent grimper l'escalier et claquer une porte.

Jessica se retourna vers Elizabeth qui essuyait machinalement le dessus de la table.

« Qu'est-ce qu'il a ? Tu sais qui il va voir ? »

Elizabeth ne répondit pas. Dans l'état où elle se trouvait elle ne se sentait pas capable de discuter avec sa sœur. Jessica explosa :

« Que se passe-t-il ? Steve ne veut rien dire, tu te tais. Vous êtes réfrigérants. J'en ai la chair de poule, comme si je me trouvais transportée en Sibérie ! »

« Si seulement c'était vrai ! » pensa Elizabeth.

« Liz, réponds-moi, je t'en prie. Tu me détestes et je ne sais pas pourquoi. Mais parle donc », supplia Jessica.

Des larmes d'énervement perlèrent à ses cils.

Elizabeth se tourna vers elle, ébranlée et perplexe devant le visage de sa sœur. S'était-elle fait des idées au sujet de Todd et de Jess ? Ou bien était-elle une bonne pomme, point final ?

« Jess, je n'ai pas apprécié de rentrer à pied à la maison.

— Quoi ? C'est faux ! Je t'ai vue monter dans une voiture avec un groupe de copains et filer à l'anglaise en me plantant là ! Tu aurais pu au moins me prévenir ! Que serait-il arrivé si maman m'avait vue conduire la Fiat ? Tu tiens à me faire avoir des histoires. Tu es méchante et menteuse. C'est toi qui devais me reconduire à la maison. »

Elizabeth la regarda, abasourdie.

« Jess, es-tu folle ? J'ai été retenue assez tard à *L'Oracle*. Quand je suis sortie, tu étais déjà partie.

— Dans ces conditions, je te pardonne, déclara Jess avec superbe. J'ai dû me tromper en croyant te voir dans cette bagnole. Mais parlons plutôt de Steve. Il mijote quelque chose et je crois savoir de quoi il retourne. »

« Du calme ! » se dit Elizabeth, ahurie par les merveilleux prétextes que venait de trouver sa jumelle. Jessica était en train de fouiller dans le réfrigérateur. Finalement elle se retourna, brandissant une grappe de raisin.

« J'étais sûre qu'il y en avait ! Revenons-en à Steve.

— Non, Jess, parlons plutôt de ce qui s'est passé après les cours. Je t'ai vue partir avec Todd dans la Fiat ! »

Elizabeth pria silencieusement : « Pourvu qu'elle trouve une explication qui se tienne. »

« Ah, oui ? C'était juste pour lui rendre service. »

Jessica s'était assise à la table et picorait des grains de raisin. Elizabeth ne savait plus que penser :

« Rendre service à Todd ? Dis plutôt que cela t'arrangeait.

— Oui, il devait chercher des guirlandes pour décorer la salle de bal et je lui ai proposé de le conduire en ville. Il est si gentil !

— Je le sais, murmura Elizabeth. Mais ne t'a-t-il pas parlé d'un rendez-vous ? reprit-elle. N'a-t-il pas dit qu'il devait retrouver quelqu'un après les cours ? »

Jessica demeura silencieuse. Puis croisant les doigts derrière son dos pour conjurer le mauvais sort, elle finit par grommeler :

« Non, je ne me souviens pas. »

« Moi, si ! » pensa Elizabeth avec amertume.

« On peut enfin parler de Steve ? continua Jess, impatiente.

— Il n'y a rien à en dire.

— Je ne te crois pas, Elizabeth. Notre frère est évidemment amoureux ! C'est tout ce que cela te fait ?

— Steve, amoureux ? » Elizabeth secoua la tête, incrédule. Jessica essayait-elle de donner le change, ou en savait-elle plus qu'elle ne voulait le dire ?

« Voyons, cela saute aux yeux, primo : il est amoureux, deuxio : il refuse de nous révéler son nom, tertio : il s'agit peut-être d'une fille que nous n'aimons pas. En tout cas, je suis bien décidée à connaître le fin mot de l'histoire.

— Ecoute, Sherlock, t'est-il jamais venu à l'esprit, primo : que cela regarde Steve, deuxio : que ce ne sont pas nos oignons ! et tertio : que si tu t'en mêles, cela va te retomber sur le nez !

— Parle toujours, chère sœur, mais je ne resterai pas indifférente quand le bonheur d'un des membres de ma famille est en jeu ! »

Puis, avec un air angélique, Jessica s'empara de ses livres et ses cahiers, et sortit la tête haute. Elizabeth eut alors un geste de colère. Mais mal lui en prit ! L'éponge qu'elle tenait à la main traversa la pièce, manquant de peu sa mère qui entrait au même moment.

« Elizabeth, pour l'amour du ciel, que se passe-t-il ?

— Rien, maman. J'essuyais la table et... l'éponge m'a échappé. »

Alice Wakefield posa les deux sacs de provisions qu'elle rapportait du supermarché. Elle n'était pas dupe.

« Qu'est-ce qui ne va pas, ma chérie ? Tu as des ennuis ? »

Elle s'avança vers Elizabeth et la prit dans ses bras. Comme il eût été bon de pouvoir se blottir et pleurer tout son saoul comme autrefois. De se confier et que sa mère trouve la solution ! Maintenant ce n'était plus possible. Elizabeth se dégagea et ramassa l'éponge.

« Non, je t'assure, maman, il n'y a rien.

— Pas d'histoires, ma chérie. Tu n'es pas dans ton assiette. Raconte tes malheurs et vite car j'ai encore un client à voir et je ne veux pas être en retard. »

« Retiens-toi, se répéta Elizabeth, ne déballe pas tes histoires à maman. »

« Allons, ma chérie, j'attends... »

Elizabeth s'effondra.

« Pas dans mon assiette ? Pourquoi faudrait-il que Liz Wakefield soit toujours gaie, bonne, généreuse et indulgente... » De grosses larmes coulèrent sur son visage. « Tu ne sais pas ce que c'est, maman ! Je m'ennuie, je m'ennuie ! Il y a des jours où j'ai mal..., des jours où je me mets aussi en colère...

— Je comprends ma chérie, là, calme-toi... »

C'est le moment que choisit Steve pour surgir comme un bolide.

« Est-ce que tout le monde est devenu fou dans cette famille ?

— Steve ! Je ne savais pas que tu étais là ! s'écria leur mère.

— Si, mais je pars ! Bonjour, maman, au revoir, maman. »

Il lui donna un rapide baiser sur le front et fonça vers la porte.

« Mais enfin, Steve ! Je n'ai pas encore pu te parler. Où cours-tu ?

— Je sors, maman.

— Où vas-tu ? Avec qui ?

— Encore ? Le juge d'instruction, là-haut, m'a déjà bombardé de questions. Dieu merci, j'ai été sauvé par la sonnerie du téléphone. Ma douce Jess est en plein roman avec un pauvre gars, Todd... je ne sais plus qui... Alors, ciao vous deux ! »

Steven était sorti avant qu'Elizabeth et sa mère aient pu ajouter un mot.Todd téléphonait à Jessica ! Elizabeth n'y tint plus. En larmes, elle jeta l'éponge sur l'évier et courut se réfugier dans sa chambre, laissant sa mère bouche bée.

Dans le bureau de *L'Oracle*, Elizabeth ne parvenait à rassembler ses idées. La tête bourdonnante, elle n'avait pu écrire une ligne de sa rubrique « Les Yeux et les Oreilles ». Par où commencer ? Quel sujet choisir ? Tout allait de travers. Steve d'abord ! Qu'est-ce que cela cachait ? Elle ne pouvait non plus se défaire du sentiment de malaise qui l'assaillait en pensant à son père et à Mme West. Récemment elle les avait vus passer en voiture. Marianna était une très jolie femme. Plongés dans leur conversation, ils ne l'avaient même pas remarquée. A son corps défendant, Elizabeth craignait le pire : pas de fumée sans feu, disait-on !

Elle soupira, jeta les yeux sur son bloc où seul le nom de Todd s'étalait dans tous les sens, en larges lettres noires. Comment travailler dans ces conditions ?

Elizabeth n'avait qu'une envie : se plonger dans ce rêve obsédant : Todd et elle étaient assis à une table de la cafétéria. Beaucoup de monde les entourait et elle bavardait gaiement avec Enid et d'autres amies. Tout à coup elle sentait la main de Todd lui caresser tendrement les cheveux. Elle se tournait, souriante, vers lui. Il l'attirait contre lui et l'embrassait doucement. Rien de plus, mais cela se déroulait comme si c'était là chose la plus naturelle du monde. Ce rêve ressemblait à un film particulièrement aimé, qu'Elizabeth passait et repassait inlassablement devant ses yeux.

Ramenant brutalement la jeune fille à la réalité, Clara Walker fit irruption dans le bureau.

« Liz ! s'écria Clara, hors d'haleine, j'ai une idée fantastique pour un article !

— Tant mieux, Clara. De quoi s'agit-il ?

— Qui tient la rubrique "Les Yeux et les Oreilles" ?

— C'est un secret. Personne, excepté M. Collins, n'a le droit de le savoir.

— OK, passe-lui le scoop ! Tu sais qui tient la vedette dans le couple le plus fameux de tout le collège ? Ta propre sœur, Jessica !

— Jessica ? s'exclama Elizabeth, ahurie.

— Oui ! Bien sûr, je ne suis pas la "commère", mais on pourrait écrire quelque chose comme : "... Les amoureux célèbres de Sun Valley High, le capitaine des supporters et le capitaine de l'équipe de basket !"

— Quoi ?

— Eh bien oui ! Ils sont tous les deux capitaines. Ce serait formidable ! »

Le cœur battant, Elizabeth demanda :

« Qui t'a dit ça ?

— Tout le monde en parle, Liz. On les a vus se promener partout dans la Fiat rouge de ta mère.

— Oh !

— On les a même vus du côté du Moulin.. Tu sais comme les nouvelles vont vite ici ! Cela ne te suffit pas ? »

Elizabeth ne s'aperçut même pas du départ de Clara. Elle était abasourdie, atterrée. Todd et Jessica ! Après tout, n'était-ce pas normal que Todd soit tombé amoureux d'une fille aussi sensationnelle que sa sœur ? Jessica était sans doute la fille la plus jolie et la plus populaire de Sun Valley High. La vérité la traversa comme un trait de lumière : le sourire de Todd, l'autre jour à la cafétéria, était destiné à Jessica, pas à elle, Elizabeth. Elle avait échafaudé un roman, n'écoutant que son propre cœur. Tout était clair. Todd était amoureux de Jessica. Jessica le savait et, comme l'avait dit Clara, tout le collège était au courant. Maintenant elle tenait son article.

Elizabeth commença à le taper, sans se rendre compte que ses larmes tombaient sur le clavier.

« Je ne vais pas dramatiser, se dit-elle gravement. Je ne veux plus penser à lui. Todd aime Jessica et Jessica aime Todd. C'est tout simple. »

Elle relut son papier : « Un beau joueur de basket de notre équipe étendra sa célébrité hors du terrain, quand il accompagnera sa cavalière, une ravissante blonde, capitaine des supporters, au prochain bal de *Super Alpha* ! »

« Oui, pensa-t-elle, le cœur gros. Ils vont bien ensemble. Je leur souhaite beaucoup de bonheur. » Puis, la tête dans les bras, elle se mit à sangloter.

« Elizabeth, qu'avez-vous ? »

M. Collins venait d'entrer. Il la regarda d'un air compatissant et, sans un mot, lui tendit un mouchoir immaculé.

Elizabeth essuya ses yeux et tenta de se ressaisir. Elle sourit timidement à son rédacteur en chef.

« Si vous n'avez pas besoin de votre mouchoir, je vous le rapporterai demain matin quand je l'aurai lavé. »

M. Collins sourit.

« Je crois que je peux m'en passer. » Il ajouta gentiment : « Voulez-vous que nous parlions un peu ? »

Ça, oui ! elle avait besoin de se confier à quelqu'un, et plus qu'en tout autre, elle avait confiance en M. Collins.

Elle lui fit part de ses sentiments pour Todd qui semblait lui préférer Jessica.

« Je suis si triste... »

Roger Collins eut un geste de sympathie.

« Je vous comprends, Elizabeth, mais il faut réagir. Tenez, relisons ensemble votre article, le travail est le meilleur remède : cela vous changera les idées. »

Elizabeth lui tendit son brouillon : « Voilà le scoop de la semaine. »

M. Collins n'eut pas le temps d'y jeter un coup d'œil. John Pfeifer, le responsable de la rubrique sportive, venait d'entrer, remonté à bloc !

« Je suis le roi des imbéciles, monsieur Collins ! J'ai bouclé ma page des sports et je n'ai pas été fichu de trouver une photo de Todd Collins... »

C'en fut trop pour Elizabeth. Encore Todd Collins ! N'y tenant plus elle ramassa ses papiers et sortit du bureau. Catastrophe ! Todd venait à sa rencontre, Jessica à son côté. Tous deux bavardaient.

« Non, vraiment, Todd, il n'y a pas de quoi rire, ce n'est pas drôle. On me fuit ! Toutes les autres ont déniché un cavalier pour le bal, sauf moi ! » susurrait-elle.

Elizabeth fit demi-tour pour les éviter, mais Todd l'avait aperçue.

« Hé ! Liz, où cours-tu ? »

Elizabeth feignit de ne pas entendre. Jessica secoua la tête et prit le bras de Todd.

« Toujours pressée, ma petite sœur, toujours en train de courir après quelqu'un !

— Dommage, dit Todd, je venais à *L'Oracle* m'excuser pour notre rendez-vous manqué. Jess, tu lui as bien dit qu'il s'agissait d'un malentendu ?

— Liz n'est jamais sur la même longueur d'onde, Todd. On ne sait jamais si elle écoute ! Je me demande après qui elle court aujourd'hui ! Probablement l'heureux élu qui la conduira au bal.

— Quel bal ?

— Tu sais bien, celui de *Super Alpha* organisé par nos deux équipes. Iras-tu ?

— Je n'en sais fichtre rien, répondit Todd. Et toi ?

— J'étais justement en train de t'en parler.

— Oui, c'est vrai, excuse-moi. Tu es sûre, Jess, qu'Elizabeth a un cavalier ? »

Avec un autre, Jessica aurait déjà explosé de fureur. Mais elle se contint et fit une nouvelle tentative.

« Todd, on ne peut pas compter sur elle. Toi et moi sommes sur le même bateau...

— Hum ! dit-il, nullement dupe de ses manigances. Tu n'as personne en vue, moi non plus, voilà tout !

— ... Et alors ? susurra-t-elle, enjôleuse.

— Ne te fais pas de mauvais sang. Il y a au moins un million de garçons qui meurent d'envie de t'y accompagner. Bon, ce n'est pas tout ça, mais il faut que je me sauve... A plus tard ! »

Jessica s'étrangla : « Ce type est impossible ! »

Chez elle, elle eût pu donner libre cours à sa rage. Jeter par exemple des objets à travers sa chambre pour se soulager ! Au collège, il n'en était évidemment pas question. Brusquement, un début de panique l'envahit. Son charme n'opérait-il plus ? Impossible, se dit-elle. N'était-elle pas la plus sensationnelle du collège ? Comment se faisait-il que Todd ne s'en rende pas compte ? Des larmes de dépit remplirent ses yeux. Elle décida de rentrer chez elle. En cours de route, ce serait bien le diable si quelque garçon ne lui proposait pas de la reconduire !

« Pardon, mon ange, quel est le plus court chemin pour la planète Mars ? »

Jessica sursauta à la vue du jeune homme penché à la portière de sa Ford Mustang.

C'était Rick Andover, le garçon le plus insolent de Sun Valley, qui avait disparu de la circulation six mois plus tôt. On avait du mal à croire qu'il n'avait que dix-sept ans. Il paraissait plus âgé que la plupart de ses camarades. Son regard froid et assuré le faisait ressembler à Clint Eastwood en plus jeune. Une lueur inquiétante filtrait par moments sous ses lourdes paupières.

Son bras dépassait de la portière. Jessica remarqua, fascinée, l'aigle tatoué sur son avant-bras. Jamais elle n'avait approché Rick de si près et elle ne se sentait pas très rassurée.

« Que me veux-tu ? demanda-t-elle, perdant contenance sous ce regard arrogant qui la jaugeait.

— Toi, répondit-il, un sourire sardonique au coin de la bouche. Je te ramène à la maison, à moins que ta petite maman t'ait recommandé de ne jamais monter dans la voiture d'un inconnu. »

Jessica fronça les sourcils. L'irrésistible M. Andover ne savait pas à qui il avait affaire !

« Pour qui me prends-tu ? lança-t-elle, hésitant une seconde avant de sauter sur le siège de la voiture.

— Je sens que je vais au-devant d'ennuis », plaisanta Rick.

Il déboîta, doublant une vieille Pontiac qui dut bloquer ses freins pour éviter la collision.

« Pourquoi dis-tu ça ? » demanda Jessica, partagée entre la crainte et l'imprévu de cette situation nouvelle.

Elle avait entendu beaucoup d'histoires sur la vie agitée que menait Rick. Il fréquentait généralement des gens plus âgés que lui, et semblait avoir beaucoup d'argent de poche, bien qu'on ne lui connût aucune source de revenus avouable. Il passait le plus clair de son temps à s'occuper de sa Mustang ou à se balader avec une jolie fille. Tout compte fait, Jessica se sentait assez fière d'avoir été remarquée cet après-midi.

Rick se moqua :

« Parce que ma maman m'a dit de ne jamais me promener en voiture avec de mystérieuses inconnues... Qui sait si tu ne vas pas abuser de mon innocence ? »

Jessica éclata de rire. Au moins, Rick était marrant !

« N'aie pas peur, je sais me contrôler ! »

Il lui jeta un regard plein de sous-entendus :

« Ne te contrôle pas trop. Je n'ai pas l'habitude qu'on m'envoie promener ! »

Jessica non plus. Elle se souvint de l'indifférence de Todd avec un sursaut de colère et ne résista pas quand Rick passa son bras autour de ses épaules. Si seulement Todd pouvait la voir. Peut-être serait-il jaloux !

« Je te prends à huit heures », dit Rick lorsqu'ils arrivèrent en vue de la maison de Jessica, roulant à quatre-vingt-dix dans une zone limitée à quarante-cinq.

« Quoi ? »

Il grimaça :

« Demain soir à huit heures ! Nous avons rendez-vous, poupée.

— Tu ne m'as même pas demandé mon avis !

— Je te l'ai dit. J'ai l'habitude de commander, pas de quémander ! Tu n'es pas d'accord ? »

Il la mesura du regard.

Elle mordit ses lèvres :

« Mais je ne suis pas sûre que mes parents me laisseront...

— Papa et maman ne sont pas d'accord pour que leur petit Chaperon rouge sorte avec le grand méchant loup ? »

Son regard et sa désinvolture aiguillonnèrent Jessica :

« Alors, à huit heures ? reprit-il.

— Ouais ! »

Il lui serra plus fortement l'épaule.

« Ne sois pas en retard ! Il y a un tas de trucs chouettes à faire. Et pas un mot aux parents. Ils n'ont pas besoin de savoir que tu sors avec moi.

— Où te retrouverai-je ?

— Ici, répondit-il, en se rangeant dans un crissement de pneus. C'est bien ici que tu habites ?

— Comment le sais-tu ? bredouilla Jessica.

— Tu es bien Jessica Wakefield ? Figure-toi que je m'arrange toujours pour connaître l'adresse des plus jolies filles de Sun Valley. »

Jessica sentit une onde de chaleur l'envahir. C'était réconfortant de se dire que certains n'étaient pas insensibles à son charme. Bien sûr, Rick ne valait pas Todd, mais ce n'était pas non plus un charlot comme Winston Egbert. Avec Rick Andover, elle avait des chances de passer une bonne soirée.

« Où irons-nous demain ? »

Il cligna de l'œil :

« Ça, c'est mon affaire. A toi de deviner ! »

Il fit gronder le moteur, et la réponse de Jessica fut noyée dans le rugissement des cylindres.

« A demain ! » cria-t-il.

La Mustang décolla du trottoir, frôla un bus et se glissa dans le trafic, manquant de peu une petite Fiat rouge qui arrivait. Jessica sursauta : c'était sa mère.

La Fiat se rangea :

« Jessica, monte, je t'emmène. »

Jessica monta à côté de sa mère, à peine remise de sa rencontre avec Rick.

« Tu as vu ce fou avec sa Mustang ?

— Non, je n'ai pas remarqué, bredouilla Jessica.

— C'était ce vaurien de Rick Andover, j'en suis sûre. »

Jessica se mordit les lèvres et ne répondit rien.

« Un de ces jours, ce garçon aura des ennuis. »

Mme Wakefield prononça ces mots avec une véhémence qui ne lui était pas coutumière. Jessica fut surprise de voir sa mère aussi furieuse. D'habitude elle prenait les choses plus à la légère. Ces derniers temps, il est vrai, elle lui avait paru un peu tendue. Etait-ce parce que son père et elle travaillaient trop et ne se voyaient plus qu'en coup de vent ? Son père, au moins, avait Marianna pour lui tenir compagnie pendant les soirées de travail au bureau. Marianna West, belle, divorcée et libre de surcroît !

Jessica se sentit très troublée. Pauvre maman ! Se doutait-elle de quelque chose ?

Le lendemain, Elizabeth regarda sa sœur se maquiller avec soin et remarqua, un peu étonnée :

« Pour quelqu'un qui ne va qu'à la bibliothèque, tu t'es mise sur ton trente et un ! »

Jessica avait été étrangement discrète pendant le dîner. Elizabeth se demandait ce que cela cachait. Jessica finit de se mettre du rouge à lèvres, se contempla devant la glace et finalement, un sourire malicieux aux lèvres, avoua :

« La vérité, c'est que je ne vais pas à la bibliothèque. Mais si tu me cafardes je te ferai rôtir à petit feu.

— Où vas-tu, Jess ?

— J'ai rendez-vous », dit-elle seulement avant d'enchaîner après un dernier coup d'œil sur le miroir : « Qu'en penses-tu ? Qu'est ce qui va le mieux avec cette jupe ? Le corsage rouge ou mon T-shirt jaune ?

— Ne change pas de sujet, veux-tu ! Réponds-moi. Où vas-tu ce soir ? »

Empruntant la formule de Rick, Jess persifla :

« A moi de décider, à toi de trouver ! »

Elizabeth se rembrunit. Elle était malade à l'idée que Jessica sortait peut-être avec Todd. Mais non, cela n'avait pas de sens. Pourquoi le cacherait-elle ? L'attitude de sa jumelle faisait plutôt partie de ces comédies dont elle avait le secret. Pourtant, le doute l'envahit.

« Tu es en retard », grogna Rick en faisant vrombir le moteur, pendant que Jessica s'installait à côté de lui. Il la contempla d'un œil ironique : « Mais cela valait la peine d'attendre. »

Jessica fut satisfaite d'avoir pris le temps d'arranger sa coiffure et d'avoir choisi son plus joli chemisier. Elle avait emprunté à sa sœur des escarpins vernis qui allaient bien avec sa jupe de jersey noir. Elle se sentait une grande fille et s'était nichée contre Rick dont le bras entourait ses épaules.

« Désolée, Rick, mais ce n'était pas facile de sortir sans me faire voir.

— Ce n'est pas grave. La nuit commence et nous avons tout le temps devant nous, mon chou. »

Il la serra plus étroitement, penchant la tête pour respirer sa chevelure. Elle sentit une odeur de tabac et d'alcool dans son haleine.

« Où m'emmènes-tu ? » demanda-t-elle, lorsque la Mustang quitta la route de la vallée pour s'engager à vive allure sur celle du bord de mer.

Avant qu'il ait pu lui répondre, elle ajouta :

« Je sais ! Tu décides et je n'ai qu'à deviner, d'accord ?

— Tu apprends vite. Je suis impatient de voir si tu es aussi douée pour le reste... »

Jessica frissonna. Vivait-il comme il conduisait ? Vite et dangereusement ?...

Un instant elle songea à sa sécurité. Cette situation nouvelle lui échappait un peu, mais elle balaya son inquiétude. On verrait bien.

Elle fut pourtant désagréablement surprise quand, dans un nuage de poussière, la Mustang s'arrêta devant un établissement douteux, situé près de la plage. Un néon rouge indiquait *Chez Kelly*. Une musique bruyante et de gros rires s'échappaient de la porte entrouverte. Personne dans l'entourage de Jessica ne fréquentait ce bar qui avait mauvaise réputation.

La jeune fille ressentit un mélange de curiosité et d'appréhension. Demain, au moins, elle aurait quelque chose à raconter !

Rick avait dû remarquer son mouvement de recul car il la serra plus fortement contre lui.

« Du calme, mon chou ! Tu es chez les grands. Tu vas tenir le coup ? »

Jessica se rebiffa :

« Tu plaisantes, cela n'a rien d'extraordinaire ! »

Mais, une fois à l'intérieur, elle perdit son assurance. C'était bien différent des endroits où elle se rendait habituellement avec ses amis. Rick aussi était bien différent.

« Allons, viens », lui murmura-t-il à l'oreille. Puis, l'entraînant avec un geste de propriétaire, il passa devant le bar et gagna un box, dans un coin mal éclairé.

Jusqu'alors Jessica n'avait guère eu conscience de sa jeunesse et de son inexpérience. Mais, là, rouge de confusion, elle s'aperçut qu'on la dévisageait. Au bar un client siffla sur son passage.

La fumée des cigarettes lui piquait les yeux et la faisait pleurer. Quand ils se glissèrent sur la banquette recouverte de skai, elle voulut dire à Rick qu'elle ne se sentait pas bien, mais ses mots furent couverts par la musique tonitruante du juke-box.

Rick commanda deux « supersoniques », une boisson dont Jessica n'avait jamais entendu parler. Elle crut, avec soulagement, que c'était seulement les deux verres de bière que la serveuse apportait, mais deux verres de whisky les accompagnaient ! La barmaid ne jeta pas un regard à Jessica et ne lui demanda pas davantage de pièce d'identité, bien qu'une pancarte indiquât : « Interdit aux mineurs ».

De plus en plus mal à l'aise, Jessica avala quelques gorgées de bière tandis que Rick vidait d'un trait son verre de whisky. Il eut un ricanement enroué :

« Ce n'est plus le moment des mondanités, hein ? » Sa main pressa son genou. Jessica grimaça un sourire.

« Je m'amuse bien, se força-t-elle à dire.

— Moi aussi. » La main de Rick se fit plus caressante.

« Dès que je t'ai vue, j'ai su que tu ne me laisserais pas tomber, ma petite Jessica ! »

Jessica se tortilla sur la banquette, essayant de se mettre hors de portée des mains de Rick, mais celui-ci accentua sa pression.

« J'aurais dû me douter que tu étais du genre à ne pas savoir tenir tes mains ! protesta-t-elle.

— Tu me fais marcher, hein, Jessica ! Après tout, on est là pour s'amuser. Ta maman ne t'a jamais dit de ne pas mettre en vitrine ce que tu ne voulais pas vendre, bébé ? »

Les doigts de Rick s'insinuèrent sous la jupe de Jessica. Cette fois, la jeune fille recula sans essayer de cacher son désarroi, Rick lui faisait maintenant peur avec ses yeux froids aussi inexpressifs que ceux d'un serpent. Elle sentit avec dégoût son haleine chaude, chargée d'alcool, quand il se pencha sur elle pour l'embrasser.

« Non, Rick, non... ! dit-elle en dérobant ses lèvres.

— Allons, murmura Rick, viens dans un coin plus calme... Je connais un endroit...

— Non ! cria Jessica affolée. Rick, reconduis-moi à la maison. J'ai dit à mes parents que je partais seulement pour une heure. Je ne peux vraiment pas rester.

— Tu n'as qu'à leur téléphoner que tu seras en retard... à moins que tu aies peur d'être transformée en citrouille ! »

Rick s'esclaffa, ravi de sa plaisanterie.

« Rick, je t'en prie... »

Il n'était pas dans ses habitudes de supplier, mais la panique la gagnait. Quelques verres de plus et Rick ne serait même plus en mesure de la reconduire.

« Oublie ça, bébé ! »

Il vida son verre de bière et avala le whisky que Jessica n'avait pas touché.

« Je suis venu ici pour me payer du bon temps et je n'ai pas l'intention de partir ! »

A deux doigts des larmes, Jessica s'effondra :

« Comment vais-je faire ? »

Rick l'attira contre lui :

« Du calme, ma petite ! Qu'est-ce qui t'arrive ? »

Jessica se dégagea d'une secousse et se leva.

« Ça suffit, Rick. Ce n'est pas la peine de te déranger, je vais appeler un taxi !

— Quoi ? Tu vas rester là ! » grinça Rick en la rattrapant par le poignet.

Cette fois, Jessica se débattit et poussa un cri strident. Un des clients assis sur un tabouret du bar se retourna.

« On vous embête, mademoiselle ?

— Oui, s'écria Jessica. Je veux rentrer à la maison et il ne veut pas me laisser partir. »

L'homme esquissa un sourire. Il devait avoir l'âge de son père. Malgré son air dur, ses traits n'étaient pas dénués de bonté.

« Si votre petit ami ne veut pas vous raccompagner, je vous reconduirai.

— Merci, mais ce n'est pas mon petit ami ! »

Jessica avait réussi à s'échapper. Elle était à mi-chemin de la sortie quand Rick, les yeux étincelant de rage, la rattrapa de nouveau.

« Ote-toi de là ! » gronda-t-il à l'adresse de l'homme qui s'interposa devant lui.

Sur le point de s'évanouir, Jessica vit avec horreur Rick lancer son poing en avant. L'homme l'évita mais à son tour lui allongea un superbe uppercut qui cueillit Rick à la pointe du menton. Celui-ci s'effondra dans un fracas de tables et de chaises renversées. Un filet de sang coulait de sa bouche.

Jessica resta figée. Les minutes passèrent. Elle ne s'en rendait pas compte. La sirène d'une voiture de police la fit tressaillir. Deux policiers en civil jaillirent dans la salle. L'un d'eux se dirigea directement vers Rick qui, étendu à terre au milieu des mégots de cigarettes, bredouillait des injures.

« Cette fois, je porte plainte, s'écria le barman, il s'appelle Andover et ce n'est pas la première fois qu'il fait du scandale ! »

L'autre policier s'approcha de Jessica :

« Vos parents savent que vous êtes ici, ma petite demoiselle ? demanda-t-il gravement.

— Oh non, je vous en prie ! Ne leur dites pas, supplia Jessica en sanglotant. Ils me tueraient s'ils l'apprenaient ! »

Le policier la regarda moins sévèrement :

« J'en doute. Et sûrement vaut-il mieux qu'ils le sachent. Ne serait-ce que pour vous éviter de recommencer ! Comment vous appelez-vous ? »

La panique s'empara de Jessica. Arrêtée ! Ramenée chez elle par la police ! Vivrait-elle cinq cents ans, sa vie serait gâchée. Elle parvint à balbutier :

« ... Wakefield...

— Wakefield ? »

Le policier la regarda de plus près. « Mais je vous connais. Vous êtes une camarade de classe de ma nièce Emily Meyer ! Je l'ai souvent entendue parler d'Elizabeth Wakefield. »

Jessica se sentit incapable de rectifier son identité.

« Emily... oui, bien sûr... C'est elle qui tient la batterie dans l'orchestre du collège », dit-elle, soulagée.

Le policier inscrivit quelques notes sur son calepin et enchaîna :

« Bon, ma petite demoiselle, venez, nous allons vous reconduire chez vous. »

Dans la voiture de police, Jessica se mit à sangloter de plus belle. Ses pensées se bousculaient. De quelque côté qu'elle se tournât, la situation lui semblait sans issue : sa réputation entachée pour le restant de ses jours, la situation de son père ruinée...

Le policier demeura silencieux jusqu'au moment où la voiture s'arrêta devant la maison. Il se tourna alors vers Jessica avec un regard sévère :

« Pour cette fois, je vous laisse aller. Pas à cause de vos larmes. Mais je vous donne une seconde chance...

— Oh ! merci, inspecteur, je vous jure que je ne recommencerai jamais, dit Jessica en se sauvant comme si elle sortait du couloir des condamnés à mort !

— Cela vaudra mieux ! lui cria le policier. Evitez Rick Andover dans l'avenir. Je ne tiens pas à vous retrouver mêlée à une bagarre chez Kelly. Souvenez-vous, Elizabeth, je ne vous laisserai pas une seconde chance !

— ...Attendez... je ne suis pas... » commença-t-elle, enfin. Mais trop tard : la voiture de police disparut dans la nuit. Quelques remords l'effleurèrent de n'avoir pas davantage insisté. Tant pis. Le soulagement l'inonda.

Dans l'ombre, Jessica ne remarqua pas une jeune fille qui promenait son caniche, non loin de là. Mais, même si elle s'était cognée à elle, il est probable qu'elle n'aurait pas reconnu Caroline Pearce. Elle était trop bouleversée ! Caroline était dans l'équipe du collège et habitait trois maisons plus bas. Heureuse de s'en être tirée à bon compte, au fond, Jessica vola littéralement jusque chez elle.

Caroline en fit autant, mais pour se jeter sur son téléphone qui servait le plus souvent à diffuser les potins de Sun Valley.

7

Elizabeth regarda par la fenêtre pour voir le temps qu'il faisait. Clair et ensoleillé, comme presque toujours à Sun Valley. Mais le ciel bleu, aujourd'hui, n'était pas assorti à son humeur. Elle essaya de se ressaisir. « Allons, Liz, se dit-elle tristement, fais-toi une raison. Si Todd préfère Jessica, tu n'y peux rien. »

Elizabeth contempla sa chambre : sa retraite, son sanctuaire. Elle l'avait décorée elle-même, choisi une moquette crème, et peint les murs d'une couleur un peu plus soutenue. Deux miroirs éclairaient la pièce. L'un était accroché au-dessus de sa coiffeuse. L'autre couvrait toute la porte. Un côté du mur était occupé par un placard fermé par des persiennes. Plutôt qu'un bureau trop sévère, Elizabeth avait préféré une grande table rectangulaire sur laquelle elle avait disposé sa machine à écrire, ses agendas et ses blocs-notes, ses crayons et ses stylos rassemblés dans un vase de porcelaine. Une affiche de théâtre se trouvait encadrée sur le mur devant la table.

Elizabeth pensait bien ne jamais devenir aussi célèbre qu'Eugene O'Neill, mais ce poster l'encourageait. Après tout, elle aussi écrivait !

Elle lorgna avec envie la chaise longue, trouvée chez un brocanteur, recouverte de ses mains d'un velours pastel. Elle s'y serait volontiers étendue pour le reste de la journée ou pour le restant de sa vie !...

Le radio-réveil la fit sursauter. « Non seulement je ne suis bonne à rien mais je vais attraper un zéro de chimie si je rate les travaux pratiques de M. Oldham. »

Elle ramassa sa serviette au passage et se rua hors de la chambre pour se trouver nez à nez avec Jessica qui grimpait l'escalier.

« Fais attention, Liz !

— Excuse-moi, Jess. Je viens de voir l'heure. Nous allons être en retard pour les travaux pratiques. Es-tu prête ?

— Des travaux pratiques... des expériences... Comme s'il n'y avait rien de plus important à faire. Bien sûr que non, je ne suis pas prête ! »

Elizabeth avança vers la porte :

« Je n'ai pas le temps de prendre mon petit déjeuner. Je te retrouverai au collège.

— Non, attends, j'ai à te parler. C'est extrêmement important.

— ... Impossible, Jess. J'ai promis à Enid de la retrouver avant le premier cours. A tout à l'heure. »

Jessica ne put lui dire un mot de ce qui s'était passé la nuit dernière.

« Si cette Enid qui ressemble à une saucisse a plus d'importance que moi, tant pis », grommela Jessica. Son aventure de la veille avait-elle transpiré au collège ? Hum, les chances étaient maigres.

En arrivant, Elizabeth vit Enid qui lui faisait des signes mystérieux. Que pouvait-elle avoir de si important à lui dire ?

En passant devant un groupe de garçons, elle sentit que tous la dévisageaient. Avant qu'elle ait pu vérifier si ses vêtements étaient en ordre, Bruce Patman se détacha de ses camarades et s'avança vers elle, d'un air arrogant :

« Je ne te connaissais pas sous ce jour, Wakefield ! Tu devrais avoir honte ! »

Elizabeth s'arrêta, interdite :

« Honte de quoi ?

— Tu le sais bien, Wakefield ! Mieux que moi !

— Tout ce que je sais, répliqua Elizabeth, c'est qu'il te manque une case, Patman... »

Elle lui tourna le dos et alla à la rencontre d'Enid.

« Liz, j'avais si peur que tu ne puisses arriver jusqu'ici !

— Comment ? J'ai juste été accostée par M. Beau Gosse », dit Elizabeth, montrant Bruce Patman du menton.

Enid sourit et plaisanta :

« Tu veux dire, le magnifique Bruce Patman ?

— Mais oui ! Et riche, n'oublie pas !

— Et superstar de l'équipe de tennis ! »

Les deux amies éclatèrent de rire, car la plupart des filles du collège étaient prêtes à s'entre-déchirer pour un rendez-vous avec le fils de la plus riche et de la plus ancienne famille de Sun Valley. Enid et Elizabeth étaient des exceptions. Retrouvant son sérieux, Enid demanda :

« Que te voulait-il ? »

Elizabeth réfléchit un instant :

« A vrai dire, je n'en sais rien. Bizarre, il m'a dit que je devrais avoir honte. Tu y comprends quelque chose ? »

Enid fixa la pointe de ses chaussures.

« Je n'en suis pas sûre, mais je crois bien que oui ! Liz, tu sais que tu es ma meilleure amie... et tu le resteras quoi qu'il arrive !

— Que veux-tu dire ?

— Elizabeth, écoute, tout le monde peut commettre des erreurs. C'est ce que je voulais dire. Mais tu peux aussi compter sur moi. Toujours ! »

Elizabeth resta bouche bée.

« Enid, veux-tu être plus claire à la fin ! Est-ce que mes cheveux ont changé de couleur ?

— Liz, il y a des choses que tu n'oses confier à personne... Oh, excuse-moi, Ronnie me fait signe. J'ai deux mots à lui dire avant le cours. »

Enid parut soulagée d'échapper à cette explication :

« A tout à l'heure... » lança-t-elle.

Effarée, Elizabeth la suivit des yeux. Quant à Ronnie, lui aussi, il paraissait plus grave que d'habitude.

Enid l'aborda, anxieuse.

« Ronnie, qu'y a-t-il ?

— Pourquoi lui parlais-tu ?

— A Liz ? Mais c'est ma meilleure amie !

— Eh bien, tu devrais mieux choisir tes amies ! On ne parle que du scandale de la nuit dernière.

— Mais Ronnie, ça ne peut être vrai. Nous ne connaissons même pas la version d'Elizabeth !

— Enid, tout le monde en parle au collège. Caroline Pearce a vu le car de police ramener Elizabeth chez elle. Elle était avec Rick Andover chez Kelly. Elle y a provoqué une bagarre. C'est ce genre de fille que tu fréquentes ?

— Nous ne sommes sûrs de rien, Ronnie. Ce sont des ragots. Je ne peux pas croire qu'Elizabeth soit sortie avec Rick. C'est mon amie. Je n'en démordrai pas ! »

La sonnerie les interrompit. Ronnie se tut mais Enid sentait qu'il était furieux.

La matinée s'écoula. Elizabeth était de plus en plus ahurie. On la regardait comme une bête curieuse. A son approche, les conversations s'arrêtaient. Que diable Enid voulait-elle lui dire ? Même M. Collins avait semblé mal à l'aise et avait fait dévier la conversation sur une vague histoire de football et de terrain de jeux, sans intérêt. Elle se rappelait que son père avait parlé lui aussi d'une histoire de terrain la veille. Mais il n'y avait pas de quoi en faire un plat !

Tout cela était bizarre, et la journée ne faisait que commencer.

En rentrant chez elle à midi, Elizabeth surprit des éclats de voix venant de la cuisine.

Alice Wakefield sermonnait Steve :

« Tu devais retourner à l'Université hier soir !

— Ne te mets pas en colère, maman. Il n'y avait rien d'important au programme aujourd'hui.

— Ce n'est pas une raison. Je te trouve changé, comme préoccupé. Ton père et moi nous faisons du souci à ton sujet.

— Je ne savais pas que papa et toi aviez le temps de vous intéresser à nous.

— Steve !

— Excuse-moi, maman. Il ne faut pas vous en faire. Mais je dois me sauver. A vendredi prochain !... »

Elizabeth entra au moment où Steven sortait par la porte du jardin. Elle échangea un regard surpris avec sa mère.

« Que se passe-t-il, maman ?

— J'espérais que tu pourrais me l'expliquer.

— Moi ? »

La sonnerie du téléphone interrompit Elizabeth.

« Je réponds, dit-elle en saisissant l'écouteur, c'est pour moi, maman. Veux-tu me passer la communication dans ma chambre ?

— D'accord. D'ailleurs, je dois sortir, j'ai encore un client à voir. Ton père rentrera tard, lui aussi. Vous avez de quoi dîner dans le réfrigérateur », lui cria sa mère en s'esquivant.

Après avoir grimpé quatre à quatre les marches de l'escalier, Elizabeth décrocha l'appareil. C'était Enid.

« Enid, que se passe-t-il ? Parle, pour l'amour du ciel ! »

Elizabeth écouta un long moment, le souffle coupé.

« Je n'en crois pas mes oreilles ! Arrêtée, libérée sur parole, ramenée à la maison par une voiture de police ! Enid, c'est monstrueux, je n'ai jamais rien entendu de si stupide ! Moi, chez Kelly ! Avec Rick Andover ! Ce sont des calomnies, Enid. Jamais je n'aurais... »

Elle s'arrêta pour reprendre haleine. Enid l'accabla de tous les détails :

« Caroline Pearce t'a vue, Liz ! Elle a entendu le policier t'appeler par ton nom, dire qu'il fallait te surveiller, et qu'il t'avait libérée sur parole ! Mais, Liz, allô... je m'en fiche. Toi et moi sommes toujours amies.

— Arrête de dire cela, Enid. Je n'arrive pas à comprendre pourquoi Caroline répand ces racontars. Jamais je n'ai adressé la parole à Rick Andover ! »

Brusquement une lueur se fit dans son esprit. Elle connaissait quelqu'un capable de l'avoir fait ! Sa chère jumelle, Jessica ! Mais d'un autre côté, Caroline avait bien entendu le policier prononcer le nom d'Elizabeth et non celui de Jessica ?

Il fallait, à tout prix, tirer cela au clair. La seule personne capable de lui fournir des explications n'était autre que sa sœur. Jessica allait rentrer d'une minute à l'autre.

« Enid, je ne sais pas ce qui a pu se manigancer. Je ne peux t'en dire plus maintenant. Je te rappellerai dans la soirée. Au revoir. »

Elle raccrocha et se mit à marcher de long en large, pensive.

« C'est un cauchemar, un mauvais rêve. Je vais me réveiller et en rire », se dit-elle. Hélas ! Elizabeth se rendait compte qu'elle était bien éveillée et qu'elle se débattait au milieu d'une horrible réalité. Une pensée atroce la traversa : Todd, Todd Wilkins allait l'apprendre. Il allait croire ce qu'on racontait...

La porte d'entrée claqua. Jessica entra, hors d'haleine.

« Liz, Liz, où es-tu ? Je sais que tu es au courant !

— Au courant de quoi, Jess ?

— De l'histoire qui peut mener notre famille à la ruine !

— Sois plus claire, Jess. Que s'est-il passé hier soir avec Rick Andover ?

— Rick Andover ? Que vient-il faire là-dedans ?

— Beaucoup ! C'est ce qui intéresse toute l'école. On est convaincu que j'ai fait l'objet d'un rapport de police et que j'ai été libérée sur parole ! » cria Elizabeth, donnant libre cours à sa colère.

Jessica haussa les épaules en rougissant :

« Ce n'est que ça ? Je t'expliquerai.

— Eh bien, fais-le !

— Plus tard, Liz. Je veux te parler d'une chose autrement plus grave. Je sais pourquoi Steve vient tous les week-ends à Sun Valley ! Cela ne m'étonne plus qu'il soit aussi mystérieux. Il devrait avoir honte ! Il ne pense pas au mal qu'il me fait ! »

Elle se mit à pleurnicher.

« Arrête de faire l'idiote, Jess. Et cesse de pleurer. Dis-moi ce qu'a fait Steve ? »

Jessica hoqueta :

« Steve, notre bon Steve Wakefield, passe tous ses week-ends avec Betsy Martin ! »

Elizabeth tomba assise sur le lit. Elle en oubliait ses propres préoccupations. Steve fréquentait Betsy Martin !

« Jess, tu en es sûre ? Je ne peux pas le croire ! Betsy se drogue et couche avec n'importe qui.

— Et son père est ivre tous les soirs », ajouta Jessica.

Elizabeth dit avec terreur :

« Jess, que vont faire nos parents quand ils l'apprendront ?

— Papa et maman ont d'autres chats à fouetter, Liz. Mais quand cela se saura au collège, je n'oserai plus me montrer. Ma vie est fichue. La tienne aussi.

— C'est déjà fait ! cria Elizabeth. Vas-tu enfin me dire ce qui s'est passé avec Rick Andover !

— Plus tard, Liz, plus tard.

— Non ! Tu vas me répondre tout de suite ! »

« C'était affreux, Liz ! Tout le monde buvait ferme dans le bar. Rick me tripotait sans arrêt... Et puis il y a eu cette bagarre !

— Rick, Rick ! s'exclama Elizabeth. Tu n'étais donc pas avec Todd ? »

Elizabeth ressentit un tel soulagement que sa colère se dégonfla comme une baudruche. Son angoisse disparut.

« Si seulement j'avais été avec Todd ! Jamais il ne m'aurait emmenée dans un endroit aussi épouvantable. Rick m'y a traînée de force... »

Elizabeth demanda, soupçonneuse :

« Mais si Rick est seul fautif, comment se fait-il que la police ait retenu mon nom en fin de compte ? »

Cette fois elle ne laisserait pas d'échappatoire à Jessica.

« ... C'est un malentendu. Tu dois me croire ! Le flic est l'oncle d'Emily. Il a cru te reconnaître...

— Et tu n'as rien fait pour le détromper, n'est-ce pas ?

— J'ai essayé, Liz. Vrai. Il ne m'écoutait pas... »

Jessica sanglotait de plus belle.

Elizabeth était partagée entre le désir de consoler sa sœur et celui de l'étrangler sur place. Comme il ne s'agissait plus de Todd, elle se sentait plus indulgente, prête à pardonner.

« Cesse de pleurer ! J'imagine ce que tu as enduré. A ta place, je n'en aurais pas mené large. Ce que je ne comprends pas, c'est comment tu as pu laisser croire que j'avais été arrêtée ? »

Mais Jessica s'en souciait comme d'une guigne.

« C'est complètement ridicule, continua-t-elle. Les flics m'ont simplement reconduite à la maison et m'ont donné un avertissement. Si j'avais été arrêtée, les parents auraient été convoqués au commissariat ! Comment Caroline a-t-elle osé colporter cette histoire !

— Si je comprends bien, tout est la faute de Caroline ?

— Non, mais pardonne-moi, supplia Jessica. Je dirai la vérité, Liz. Je te le promets. Même si cela doit causer ma perte ! »

En son for intérieur, elle pria que sa sœur n'exige pas un tel sacrifice.

Elizabeth demeura pensive. Jessica poursuivit :

« Au train où vont les choses, dans quelques jours ces ragots seront oubliés.

— Jessica, je me fiche de ce que le monde peut penser. Ce qui compte, c'est que mes amis sachent la vérité ! »

Jessica avait l'impression de gagner du terrain.

« Tes amis, Liz, les vrais, ne vont tout de même pas croire que tu as été arrêtée ? Ne me dis pas que cette gourde d'Enid te tourne désormais le dos ? »

Jessica savait qu'Enid était un sujet tabou, mais cette amitié d'Elizabeth pour Enid l'exaspérait.

Perdue dans ses pensées, Elizabeth murmura :

« Non, Enid est mon amie. Elle me restera fidèle. » Mais, pensa-t-elle, comment réagira Todd ?

« A qui d'autre veux-tu que je raconte ma vie ? Todd Wilkins peut-être ? Vous êtes copains tous les deux ? » demanda Jessica sans quitter sa sœur des yeux.

Hélas ! Si Todd n'avait été qu'un copain pour Elizabeth... Mais comment avouer qu'elle l'aimait ? Aussi répondit-elle avec lassitude :

« Tu as raison, c'est sans importance. »

Jessica embrassa sa sœur. La bataille était gagnée.

« Ne t'en fais pas, Liz. Todd et moi sommes très bien ensemble. Je lui expliquerai simplement ce qui s'est passé. Peut-on l'imaginer cessant de te saluer quand il vient me chercher ? »

La pensée de Todd venant voir Jessica, lui prenant la main, l'embrassant devant la porte de la maison était insupportable à Elizabeth, au point qu'elle faillit pleurer. Elle était désespérée à l'idée de ce que Todd allait penser d'elle désormais...

Ronnie et Enid s'étaient donné rendez-vous pour finir l'après-midi à la plage. Entre-temps, Ronnie avait demandé à Todd de se joindre à eux. En arrivant chez Enid, il précisa :

« Todd avait un cafard noir. Je ne pouvais pas laisser tomber un vieux copain comme lui. Il vient avec nous, O.K. ?

— Bien sûr », répondit Enid sans hésiter. Elle embrassa Todd.

« Alors, allons-y. »

Ils finirent par le dérider. Après avoir nagé ils s'allongèrent sur leurs serviettes et Ronnie se tourna vers Todd.

« As-tu au moins entendu parler de cette histoire d'Elizabeth Wakefield et de Rick Andover ? »

Todd se renfrogna aussitôt.

« Oui. Comme tout le monde », murmura-t-il, d'un ton misérable.

Enid fit signe à Ronnie de ne pas insister. Mais Ronnie ne comprit pas.

« Ce type, Rick, est une vraie brute. J'ai du mal à croire qu'Elizabeth ait accepté de sortir avec lui.

— Faisons le point, intervint Enid. Nous avons tous entendu le même son de cloche... »

Ronnie l'interrompit.

« Tu vois ? Même la meilleure amie d'Elizabeth...

— Pas du tout ! Ce sont des racontars. Je sais que ce n'est pas vrai. Elle me l'a dit ! »

Ronnie eut un sourire ironique.

« Que t'a-t-elle dit ? La pauvre Liz a éclaté en sanglots ? »

Enid le fusilla des yeux.

« Tu te trompes ! Elle n'a pas pleuré. Elle était même furieuse que l'on puisse colporter de tels ragots. Elle a farouchement nié être sortie avec Rick.

— Et tu l'as crue ?

— Sans hésitation. Elle est incapable de me mentir, à moi, sa meilleure amie. »

Il y eut un silence. Enid laissa couler une poignée de sable entre ses doigts, puis elle ajouta :

« Je connais trop bien Elizabeth. Je ne la vois pas avec un type du genre de Rick, surtout pas dans un troquet comme *Kelly* ! »

La réplique de Ronnie ne se fit pas attendre :

« Les apparences sont parfois trompeuses ! »

Todd hocha la tête.

« C'est vrai. Tout est possible, mais j'arriverai bien à savoir la vérité. »

Enid n'en croyait pas ses oreilles et protesta.

« Je suis certaine qu'il y a une explication à tout ça. Et malgré ce que tout le monde affirme, je préfère croire Elizabeth ! »

Todd eut un regard indécis :

« Je me demande jusqu'à quel point on peut avoir confiance en quelqu'un ?

— Si tu es son ami, tu ne devrais pas parler ainsi ! »

Todd baissa la tête. Enid se tourna vers Ronnie :

« Quoi qu'il en soit, il arrive à chacun de nous de commettre des erreurs que l'on regrette par la suite. Ne crois-tu pas que l'on mérite le pardon ? »

Ronnie réfléchit un moment tout en jetant machinalement des graviers devant lui.

« Non ! Il y a des choses impardonnables ! » décréta-t-il en secouant la tête.

Enid en fut profondément choquée. Elle découvrait brusquement un aspect de sa personnalité qu'elle ne lui connaissait pas : froid, dur et sans indulgence.

« Que sais-tu au juste à propos de Liz ? insista Todd.

— J'ai entendu la même histoire de trois sources différentes, répliqua Ronnie, obstiné. On l'a vue descendre du car de police, et promettre de ne pas retourner chez Kelly, du moins avec Rick !

— Inutile de tergiverser, soupira Todd. Les faits sont là : Liz est bien allée chez Kelly avec Rick. Qu'on le veuille ou non.

— Je ne le crois toujours pas, s'entêta Enid, mais quand bien même y serait-elle allée, la question est de savoir si vous l'aimez assez pour lui pardonner. »

Elle s'adressait surtout à Ronnie, mais ce fut Todd qui répondit :

« Je n'en sais rien. Non, vraiment ! »

Ronnie ajouta avec violence :

« Eh bien moi si ! Je n'adresserais plus jamais la parole à la fille que j'aime si elle agissait ainsi ! »

Enid frissonna, bouleversée plus qu'elle ne voulait se l'avouer. Dans ces conditions, elle n'était pas prête de leur raconter qu'on l'avait arrêtée, elle aussi, après l'horrible accident qu'elle avait causé, quelques années auparavant.

9

Elizabeth écoutait sa sœur papoter gaiement pendant le petit déjeuner.

« Je te l'avais bien dit, Miss Catastrophe, ça n'a pas fait long feu ! On ne parle plus de Rick ni de toi ! lança Jessica en avalant ses céréales.

— De Rick et de moi ? souligna Elizabeth, abasourdie.

— Enfin, je voulais dire de Rick et de moi, évidemment. Plus la moindre allusion ces jours-ci.

— Tu as de la chance, Jess. Moi, je n'y ai pas échappé ! Tout le monde continue à raconter que je suis allée chez *Kelly* avec Rick !

— Qui ça, tout le monde ?

— Tu as raison, Jessica. Personne ne vient me trouver en face. On fait des allusions... On en parle... et quand je m'approche, les conversations s'arrêtent. Je suis la pestiférée.

— Tu te fais des idées !

— Non, Jessica. Enid me tient au courant. Mercredi, il y avait un message anonyme pour moi sur le tableau noir de *L'Oracle.* »

Jessica se pencha pour mieux écouter ce qu'allait dire Elizabeth.

« Qu'y avait-il d'écrit ?

— Oh, peu de chose ! "Sensationnel ! Le fameux rédacteur en chef Wakefield crée l'événement ! A quand la publication ?"

— C'est stupide ! trancha Jessica. Tu n'es pas rédacteur en chef. Ce n'est pas à toi de choisir les articles qu'on publie. »

Elizabeth secoua la tête, consternée :

« Jessica, tu m'étonneras toujours !

— Liz, ne t'ai-je pas promis de mettre au pas ceux qui veulent te faire du mal ? »

Elizabeth regarda tristement par la fenêtre. La piscine miroitait dans le jardin. Il aurait fait bon s'y installer et ne plus voir les gens de Sun Valley High.

« Si on te crée des ennuis, reprit Jessica, sois tranquille, je m'en chargerai ! »

Elizabeth sentit les larmes lui monter aux yeux. C'était Todd seul qu'elle aurait voulu convaincre. Enid lui avait raconté leur après-midi à la plage et comment Todd avait paru prêter foi à tous les affreux détails de sa pseudo-mésaventure. Comment était-ce possible ?

« Non, conclut Elizabeth. Ceux qui croient ces ragots, sans s'occuper de savoir s'ils sont vrais ou faux, ne m'intéressent pas.

— Tu n'as rien dit aux parents ?

— Jess, tu sais bien que je ne ferai jamais une chose pareille ! »

Jessica regarda sa sœur avec admiration. Un flot de tendresse l'inonda. Elle prit Elizabeth dans ses bras et la tint embrassée.

« Tu es chic avec moi, Liz ! Parfois, je me demande si je le mérite ! »

Dans l'état où se trouvait Elizabeth il n'en fallait pas plus pour la faire fondre en larmes. Elle sanglota, blottie contre Jessica.

« Tu ne vas pas pleurer pour ça, Liz ?

— Ce n'est rien. Un peu d'énervement et de contrariété. Jess, je te trouve merveilleuse. Tout le monde t'aime. Tu le mérites bien. »

Elle alla se rafraîchir le visage avant de partir pour le collège. Elizabeth Wakefield devait garder la tête haute !

Au collège, l'histoire du *Kelly* semblait ne plus intéresser grand monde. Les couloirs bruissaient d'une nouvelle autrement sérieuse : Georges Burton, le père de Lili, allait faire expulser l'équipe de football de son terrain !

C'était l'un des hommes les plus riches de Sun Valley, et son intention était d'acheter ces hectares dévolus au sport pour y construire une usine.

« Georges Burton veut nous faucher le terrain de football ! » lui cria Winston Egbert, de plus loin qu'il aperçut Elizabeth. Pour une fois, il avait l'air sérieux !

« Mais non, espèce d'idiot, reprit Diana Larson, la rock-star des *Droids*, l'orchestre dans le vent de Sun Valley High. Ce sont les Patman. Le père de Bruce veut construire un parc d'attractions.

— Un parc d'attractions ? Ce n'est pas une mauvaise idée ! »

Winston se tourna vers ses camarades qui passaient dans le couloir :

« Hé, vous autres, vous avez entendu ? Le père de Bruce Patman va construire un Disneyland sur notre terrain de foot ! »

Elizabeth savait par expérience qu'il ne fallait guère accorder de crédit aux bruits de couloir. Elle se dirigea donc vers le bureau du journal où se trouvait M. Collins, afin de vérifier ses sources.

« Monsieur Collins, il paraît qu'on veut nous prendre notre terrain de sport ? C'est vrai ?

— Oui, malheureusement, Elizabeth », répondit-il d'un ton lugubre.

Les deux puissantes familles de Sun Valley, les Patman et les Burton, s'affrontaient à nouveau. Cette fois le collège risquait de faire les frais de leurs disputes. La querelle opposant les Patman, dépositaires de la fortune accumulée par le vieil Harry Wilson avec ses usines de conserves, et les Burton, enrichis dans la métallurgie, allait se régler sur un terrain de football !

« Le collège avait loué le terrain à la ville. Le bail arrive à expiration, expliqua M. Collins. Georges Burton veut en profiter pour l'acheter et y construire une nouvelle usine.

— Juste en face du collège ? s'écria Elizabeth consternée.

— Exactement ! Les Burton ne voient que le profit qu'ils peuvent en tirer.

— Où jouera notre équipe ?

— Je ne pense pas que cela intéresse Georges Burton !

— J'ai entendu dire que les Patman voulaient aussi ce terrain, monsieur Collins ?

— C'est encore vrai ! Quand ils ont appris que Georges Burton allait l'acheter, ils ont intenté une action en justice pour bloquer la vente. Les Patman ne veulent pas que l'on construise une usine sur cet emplacement.

— Tant mieux ! Rangeons-nous alors aux côtés des Patman.

— Ce n'est pas si simple, Elizabeth. Les Patman ne se battent pas pour le collège. Leur intention est de recréer un jardin anglais tel qu'il existait en 1916, quand cet endroit appartenait encore aux Vanderhorn !

— Qui était-ce ?

— Les Vanderhorn faisaient partie des quelques familles qui fondèrent Sun Valley. La mère de Bruce Patman est une Vanderhorn !

— Mon Dieu, quelle histoire ! dit Elizabeth.

— Oui. Et c'est vous qui allez la suivre !

— Moi ? » Elizabeth ressentit une légère ivresse. Jamais encore on ne lui avait confié une enquête aussi importante.

« Il ne reste que vous. John est sur le match que notre équipe va disputer avec celle des "Palisades", si toutefois nous parvenons à trouver un terrain...

— Vous voulez dire qu'on ne peut déjà plus disposer du nôtre ?

— Exact, Elizabeth. Jusqu'à ce que l'arrêt de la cour soit rendu !

— Mais notre équipe a besoin de s'entraîner !

— Sans doute, mais pas sur cet emplacement. Bonne chance, Elizabeth ! »

Les élèves de Sun Valley High se souciaient comme d'une guigne des décisions du tribunal en faveur des Burton ou des Patman. C'était au collège d'emporter la victoire en conservant ses droits sur le terrain. A l'heure du déjeuner, la rumeur emplissait l'école. Les étudiants affluèrent en groupes serrés sur le campus.

Au milieu de la foule se dressait Ken Matthews, l'athlétique capitaine des « Gladiateurs », l'équipe de football du collège. Près de lui, se tenait Todd Wilkins ainsi que quelques représentants des équipes sportives. Ils étaient le point de mire de la foule.

Des cris fusèrent :

« Qu'est-ce qu'on va faire, Ken ?

— Ils n'ont pas le droit de prendre notre terrain ! »

Ken balaya ses camarades du regard et levant les bras cria :

« Ne vous en faites pas ! Les "Gladiateurs" n'ont jamais perdu un combat sans se défendre ! »

Un grondement approbateur lui répondit.

Todd ajouta :

« Ce terrain nous est indispensable. Ils n'ont qu'à bâtir leur usine ou leur jardin ailleurs !

— Oui ! hurlèrent les autres.

— Ce terrain nous appartient ! » cria Ken.

Des cris et des applaudissements jaillirent de toute part.

Par la fenêtre, Mme Walter, la gérante de la cafétéria, vit la manifestation prendre des dimensions inquiétantes. En hâte elle posa son travail et se précipita vers le gymnase.

Dave Schultz, le responsable des sports, leva les yeux du diagramme qu'il préparait en vue de la rencontre avec l'équipe des « Palisades ».

« Que se passe-t-il, madame Walter ?

— Dave, j'ai l'impression que ça se gâte ! Toutes vos équipes sont rassemblées sur le campus. Les garçons semblent surexcités.

— Mes équipes ? s'écria Dave Schultz en jaillissant de son fauteuil.

— Ken Matthews en tête !

— Dépêchons-nous ! »

Tous deux coururent vers le bureau du principal.

« “Crâne d’acier” va avoir une attaque ! souffla Mme Walter.
— Mes garçons ne feront rien de mal, je les connais ! Mais ils ont le feu sacré ! »

Pendant ce temps, les esprits s’échauffaient sur le campus.
« Que va-t-on faire ? » demanda Jessica qui s’était frayé un chemin pour rejoindre ses supporters.
« Je vais vous le dire, s’écria Todd. Nous allons occuper le terrain de foot ! »
Les bravos éclatèrent. Ken ajouta avec emphase :
« Avant de construire quoi que ce soit, il leur faudra passer sur nos corps ! »
Une autre vague de bravos déferla sur le campus.
« En avant ! lança Jessica à son groupe.
— Suivez-moi, les “Gladiateurs” ! » commanda Ken.
Tous se précipitèrent hors du collège.
De son bureau, M. Cooper contempla la scène avec une inquiétude croissante.
« Nous devons les arrêter », dit-il.

Elizabeth courait derrière, tout en prenant hâtivement des notes sur son bloc de sténo. Todd la suivait, au milieu d’un autre groupe. En arrivant sur le terrain de football elle aperçut Lili Burton et Bruce Patman littéralement assiégés par les manifestants.
Winston Egbert s’adressa à Lili Burton :
« Bon sang, Burton, ton père n’a pas assez d’argent ?
— Laisse mon père tranquille !

— Une usine, pour quoi faire ? ricana Bruce Patman. Construire, c'est tout ce qu'ils savent faire, ces nouveaux riches !

— Ecoutez donc M. Double-Jeu ! gronda Winston.

— C'est vrai, dit Emily Meyer, ton père à toi veut bien en faire un jardin privé !

— Et alors ? dit Bruce. Ce sera toujours mieux que ce champ boueux, qui ne sert à rien. Les "Gladiateurs" pourraient s'y entraîner jusqu'à la fin des siècles, cela ne les empêcherait pas d'être minables !

— Faux jeton ! Sale type...

— Que fais-tu de l'esprit de corps ? lui cria Jessica.

— La ferme, Wakefield !

— Toi et ta famille vous vous fichez pas mal de Sun Valley High ! Vous êtes la honte du collège ! hurla Jessica.

— Dis donc, Wakefield, tu es mal placée pour parler ainsi ! Quand on a une sœur qui est un pilier de bar, on se préoccupe plutôt de l'honneur de sa propre famille ! » Ces mots tombèrent comme une bombe. Occupée à prendre des notes, Elizabeth releva la tête. Tous les regards s'étaient tournés vers elle. Elle rougit jusqu'à la racine dcs cheveux. Jessica trépigna :

« Laisse ma sœur en dehors de tout ça ! »

Lili Burton prit le relais :

« Et pourquoi ? Vous nous traitez bien, Bruce et moi, comme des chiens galeux ! Dire que je te prenais pour une amie.

— Mais je le suis, Lili...

— Bravo ! siffla Bruce. Mais pendant que nous y sommes, Wakefield, parle-nous donc aussi de ton père et de Marianna West, cette bonne femme avec laquelle il se couvre de ridicule ! »

Elizabeth intervint, d'une voix tremblante.

« Ça suffit ! Marianna West n'est que la collaboratrice de mon père !
— Vraiment ? Ah tiens ? ricana Bruce.
— Vous n'avez pas le droit... »
Bruce éclata de rire :
« Bien sûr ! Ton père se paie du bon temps en compagnie d'une jolie femme, et tu appelles ça travailler !...
— Parfaitement ! explosa Elizabeth. Il travaille même pour vous empêcher de faire main basse sur ce terrain !
— C'est la meilleure ! N'oublie pas de mettre ça dans ton papier ! »
Todd se fraya un chemin jusqu'à eux :
« Laisse tomber, Bruce. Nous voulons sauver cet emplacement, le reste ne nous intéresse pas.
— OK, les enfants ! cria Ken, se hissant sur une estrade improvisée. Laisserons-nous prendre le terrain ?
— Non !
— Va-t-on laisser construire une usine ?
— Non !
— Un jardin ?
— Non ! »
Jessica se tourna vers ses camarades.« Allons, tous en chœur, le chant de marche des "Gladiateurs" ! »
Elle entonna le premier couplet, aussitôt suivie de tous ses camarades.
Elizabeth prenait fébrilement des notes, tout en guettant Todd du coin de l'œil. L'article ferait sensation.
Les paroles haineuses de Bruce Patman résonnaient encore à ses oreilles, comment osait-il parler ainsi de son père ? Et pourtant si Bruce avait raison... Dans son esprit, les pièces du puzzle se mettaient lentement en place.

...Un jour de la semaine dernière, elle avait surpris ses parents en pleine discussion. Sa mère paraissait tendue et son père soucieux. Elle n'avait entendu que les dernières phrases, mais elles lui avaient laissé un sentiment de malaise. Sa mère disait :

« Je n'ai jamais prétendu que ton travail était moins important que le mien, mais tu pourrais t'arranger pour être plus souvent à la maison ! »

Ned Wakefield s'était justifié en essayant de conserver son calme.

Evidemment, ces reproches n'étaient pas dramatiques. Sa mère avait dû travailler plus que de coutume pour terminer un nouveau modèle. Mais l'incident troublait d'autant plus Elizabeth que ses parents ne se disputaient jamais. Marianna n'était-elle pas, en fait, la cause de cette discussion ?

Non, ce n'était pas possible. Son imagination lui jouait des tours...

Abandonnant ses camarades, Elizabeth gagna le bureau de *L'Oracle* pour rédiger son article. Perdue dans ses réflexions, elle buta presque dans Todd.

« C'était formidable, Liz, dit-il le visage rayonnant.

— Oh ! oui. J'étais là pour *L'Oracle*.

— Tu vas en tirer un article sensationnel. Ça va faire du bruit !

— Tu crois ?

— J'en suis sûr, Liz.

— Tu rentres aussi au collège ? demanda-t-elle, espérant qu'ils pourraient faire un bout de chemin ensemble.

— Oui », répondit-il.

« Voici enfin l'occasion rêvée de s'expliquer », se dit Elizabeth. Hélas ! Jessica surgit à cet instant. Elizabeth aurait dû s'en douter, sa jumelle était nulle part et partout à la fois.

« Todd, j'ai à te parler. Ça ne peut pas attendre !

— D'accord », dit-il.

Elizabeth poursuivit son chemin comme un somnambule. Elle crut entendre Todd l'appeler, mais ne se retourna pas.

Arrivée à *L'Oracle*, elle se plongea dans la rédaction de son article pour ne plus penser à tout ce qui venait de se passer.

Déçu, Todd, avait regardé partir Elizabeth, avec le sentiment d'avoir laissé passer ce moment tant attendu. Comment aurait-il encore la chance de pouvoir parler à la jeune fille ?

Il entendit vaguement Jessica lui adresser la parole :

« Hé ! Todd Wilkins, atterris ! »

Au fond d'elle-même, Jess était exaspérée par ses distractions continuelles. Mais comment lui en vouloir ? Il était tellement beau gosse !

« Tu disais, Jessica ? »

Todd, songeur, marchait lentement et Jessica accorda son pas sur le sien.

« Liz avait le feu aux trousses ! murmura Todd.

— Oui, elle n'a pas l'air dans son assiette, ces jours-ci.

— Cela se comprend, après un coup pareil !

— Je voulais justement t'en parler, commença Jessica. Ce qu'on raconte est affreux !

— Ah ! je ne sais pas ce que je donnerais pour que ce ne soit jamais arrivé !

— Oh ! Todd », soupira Jessica. Elle s'avança vers un banc et s'y laissa tomber. Todd la rejoignit. Jessica pleurait doucement, sans parvenir à se calmer. Todd la prit dans ses bras :

« Allons, allons, qu'y a-t-il, Jess ?

— Oh, Todd, je n'en peux plus... tout ce qu'on raconte sur Elizabeth... je ne peux plus le supporter. Je l'aime plus que tout au monde ! »

Jessica leva les yeux vers Todd. Le visage de celui-ci exprimait une grande bonté.

« Ç'aurait pu arriver à n'importe qui ! dit Jessica. Ce n'est pas juste. Ç'aurait pu m'arriver, pourquoi pas ?

— Oui, mais ce n'est pas le cas. »

Jessica prit une profonde inspiration, et s'armant de courage, elle eut enfin la franchise d'avouer.

« Todd, tout ce qu'on raconte est faux. Ça ne peut pas continuer. J'aime trop Elizabeth. Todd... ce n'est pas elle qui était chez *Kelly* !

— Que dis-tu ?

— Non, Todd ! C'était moi !

— Quoi ?

— Oui, tu as bien entendu. Elizabeth n'a rien à voir dans cette histoire. Ce n'est pas juste de l'accuser. »

La réaction de Todd la bouleversa. Celui-ci la regarda intensément :

« Je n'ai jamais rien entendu de si généreux ! Prendre tout sur toi ! Je te découvre enfin, c'est très beau ! »

Todd la serra plus étroitement et l'embrassa doucement. Ni l'un ni l'autre ne prêtèrent attention aux sifflcts et aux quolibets des élèves qui passaient sur le campus.

Jessica en resta coite. Dans ses rêves les plus fous, elle n'avait jamais imaginé que reconnaître la vérité jouerait finalement en sa faveur !

« Jessica, tu es formidable !

— Et toi, Todd, le garçon le plus fantastique que j'aie jamais rencontré !

— Tu ne sais pas, Jess, je t'emmène à la fête de *Super Alpha*.

— Non ?

— Mais oui. Si tu veux bien venir avec moi !

— Venir avec toi, Todd ? C'est ce que je désire le plus au monde », dit-elle en se blottissant étroitement contre lui.

La première chose qu'Elizabeth entendit, après avoir quitté le bureau de *L'Oracle*, fut ce qu'on appelait déjà la grande scène d'amour entre Todd et Jessica.

« Grands dieux, hoqueta Winston Egbert, arrêtant Elizabeth au milieu du couloir, la température a grimpé d'au moins cinquante degrés !

— Que s'est-il passé ? souffla-t-elle.

— La plus belle scène d'amour interprétée par une ravissante blonde et le capitaine de l'équipe de basket. Ça valait le coup d'œil.

— Oh ! murmura Elizabeth, d'une voix mourante.

— Je croyais que Todd avait le béguin pour toi ?

— Non, et cela n'a rien de surprenant, Winston. Tu cours bien après Jessica depuis la troisième ! Elle est si belle ! Tu le sais bien.

— C'est vrai, mais toi aussi, Liz, tu es belle !

— Bof...

— Avec qui vas-tu à la fête ?

— Voilà une bonne question, Winston ! » ironisa-t-elle.

En bas du perron, Bruce Patman les regardait venir, debout devant sa Porsche.

« Tiens, tiens, n'est-ce pas notre petite vamp des faubourgs ? »

Elizabeth retint un mouvement de colère. Mais Bruce continua :

« Je n'ai guère fait attention à toi. J'ai eu tort. D'après la rumeur, tu dois être un fameux numéro.

Au fait, j'ai drôlement envie d'aller avec toi à la fête de *Super Alpha*.

— Vraiment ? jeta Elizabeth.

— Vraiment. Les filles ici sont ennuyeuses comme la pluie. On fera un tour au bal et après on trouvera bien un petit coin où nous pourrons enfin nous amuser comme des grands ! »

C'en fut trop. Elizabeth sentit la rage l'envahir. Toutes les peines et les humiliations des derniers jours remontèrent brusquement à la surface.

« Bruce Patman, je préférerais m'enfermer dans ma chambre le restant de mes jours plutôt que de sortir avec toi. De toute façon, je suis déjà prise.

— Et par qui ? Peut-on savoir ?

— Par moi ! » s'écria Winston Egbert, surpris de son audace.

Bruce Patman éclata de rire :

« Toi ? Mais tu es la risée du collège !

— Peut-être, mais toi tu es le plus grand frimeur du monde ! » Bruce Patman s'avança vers lui, l'œil mauvais :

« Pauvre minable, je vais te flanquer une correction dont tu te souviendras ! »

Elizabeth s'interposa :

« C'cst vrai, Bruce. Winston et moi allons à la fête. Laisse-le tranquille. »

Puis prenant Winston par le bras, elle l'entraîna, laissant Bruce médusé.

« Je suis désolé, Liz, balbutia Winston, je voulais seulement te tirer des pattes de ce sale type. Ne te crois pas obligée..

— Pas du tout ! Je suis ravie. Viens me chercher à sept heures et demie. »

Winston Egbert n'en croyait pas ses oreilles.

« Tu peux en être sûre ! » dit-il, si content qu'il s'éloigna en faisant des sauts de cabri.

Pour la première fois depuis longtemps, Elizabeth rit de bon cœur. Cela lui changerait les idées de sortir avec ce gentil Winston. Elle se sentit un peu rassérénée et se prit à siffloter comme autrefois, lorsqu'elle voulait se rassurer.

Arrivée chez elle, Elizabeth entra directement dans la cuisine, ouvrit le réfrigérateur, prit une bouteille de lait et s'en versa un grand verre. « Je suis heureuse pour Jess ! » Elle voulait s'en convaincre mais en fait au fond d'elle même elle se sentait très très mal, anéantie comme si toute la misère du monde s'était abattue sur elle.

La porte d'entrée claqua. Elle entendit Jessica crier à tue-tête :

« Liz, Liz, tu ne vas pas me croire ! Je lui ai tout dit, que c'était moi qui me trouvais chez *Kelly* avec Rick Andover, et Todd n'a pas changé d'avis. Il m'emmène toujours à la fête !

— Tu lui as dit que ce n'était pas moi ?

— Oui, Liz, je lui ai tout raconté... et il m'a pardonné ! C'est formidable ! »

Elizabeth sentit quelque chose se briser en elle. Dans ces conditions cela ne valait plus la peine de lutter. Où cela la conduirait-elle ? Oui, elle irait à la fête avec Winston. Et puis, elle tenterait d'oublier Todd en travaillant d'arrache-pied. Le remède suffirait-il à apaiser sa peine ? Rassemblant son courage, elle répondit d'un ton joyeux :

« C'est parfait, Jess. Tu vas passer une soirée formidable ! Todd est un excellent danseur.

— Todd ! Il est fantastique. En tout ! »

Jessica papillonnait à droite, à gauche :

« Où est maman, il faut que je le lui annonce !

— Elle n'est pas encore rentrée. Elle a un rendez-vous.

— Encore ! s'exclama Jessica. Cela fait trois fois cette semaine qu'elle rentre à des heures impossibles. Maman pourrait bien rester à la maison de temps en temps, ne serait-ce que pour préparer le dîner !

— Elle nous a prévenues ce matin, Jess », dit Elizabeth calmement. La légèreté de Jessica, sautant d'un sujet à l'autre selon son humeur, était exaspérante.

« Ce n'est pas juste. Ma soirée va être gâchée », eut-elle le front d'ajouter.

Elizabeth la regarda, effarée. En quoi une soirée pourrait-elle être gâchée quand on avait la chance d'avoir Todd pour cavalier ? A sa place, rien n'aurait pu ternir sa joie ! Elle se serait senti des ailes... Brièvement elle se vit s'abandonnant entre les bras de Todd, danse après danse. Puis à la fin de la soirée, dans le crépuscule, seule avec lui, tendrement enlacés... ses lèvres... Elizabeth vacilla...

« Liz ! » Jessica la rappela durement à la réalité. « Tu n'as pas écouté un mot de ce que je t'ai dit ! Tu es en train de rêver. Je te demandais à quelle heure maman allait rentrer ! On ne la voit plus. Evidemment, si c'est trop te demander, tu n'es pas obligée de me répondre. »

Jessica laissait croître sa colère avec complaisance. Elizabeth se tourna enfin vers elle.

« Pardonne-moi, Jess, la journée a été moche. » Puis, effleurant la joue de sa sœur, elle ajouta : « Sois heureuse, toi au moins ! Je suis très contente que Todd sorte avec toi. » Mais elle retomba illico dans sa rêverie

« Arrête, Liz ! Voilà que tu recommences...

— Mais non, je t'écoute, je t'assure. Qu'est-ce que cela peut te faire que maman soit là ou non ?

— Je dois lui parler. C'est très important. Il faut absolument qu'elle me laisse acheter la robe que j'ai aperçue sous les arcades. Oh, Liz, écoute-moi donc ! »

Le visage de Jessica s'éclaira à nouveau. Sa voix s'adoucit.

« Raconte, soupira Elizabeth. Pendant que tu mets le couvert, je vais voir ce qu'il y a dans le congélateur.

— C'est une robe bleu ciel, très collante...

— Oui, mais commence à mettre le couvert, Jess ! »

Jessica regarda sa sœur. Il valait mieux lui obéir si elle voulait continuer son récit.

« Je t'ai dit qu'elle était bleu ciel, assez collante, avec un simple ourlet brodé et — écoute ça — le corsage est retenu par deux fines bretelles. Le décolleté est si plongeant que Todd en perdra le souffle !

— C'est un attentat à la pudeur, Jess. Si j'étais un homme je prendrais la victime en pitié ! »

Elles furent interrompues par l'arrivée de Steven.

« Mes chères petites, je crève de faim. Avez-vous de quoi me nourrir ? s'informa-t-il en désignant les surgelés qu'Elizabeth s'apprêtait à placer dans le four.

— Largement. Nous ne sommes que tous les trois, ce soir, répondit-elle. Mais je croyais que tu devais sortir ?

— Non », dit-il brièvement.

Les deux jumelles échangèrent un regard.

« Et il vaut mieux que les parents ne soient pas là, je n'avais pas envie de subir un interrogatoire au troisième degré, comme la semaine dernière !

— Mais, Steve, ils se font simplement du souci...

— Ah, non, Liz, pas toi... Bon sang ! Vous ne pouvez donc pas vous occuper de vos affaires sans fourrer le nez dans celles des autres ?

— Vous êtes la famille la plus embêtante que je connaisse ! explosa Jess. J'en ai par-dessus la tête... » Puis se tournant brusquement vers sa sœur, elle ajouta aimablement : « Toi, tu finiras à l'asile ! Tu vis comme une somnambule. Tu es dingue, complètement dingue ! » Et pointant le doigt vers Steven : « Et toi, un vrai rabat-joie. Il faut en plus que je subisse l'humiliation de tout le monde, au collège, parce que mon père fait la cour à cette... femme ! »

Steven dressa l'oreille, fixant Jessica :

« Que veux-tu dire ? »

D'une voix tremblante, Jess bredouilla :

« Eh bien, Steve, on ne parle que de ça ! Papa a passé la plupart de ses soirées avec Marianna, et maman feint de ne rien remarquer. Il n'en reste pas moins qu'ils vont divorcer. Qu'allons-nous devenir ?

— Oh ! Tais-toi, Jess, l'interrompit Elizabeth. Tout ce que dit Bruce Patman n'est pas nécessairement parole d'Evangile !

— Allez-vous vous expliquer, à la fin ? Qu'est-ce que tout cela veut dire ? » cria Steve, exaspéré.

Elizabeth essaya de peser ses mots :

« Voilà. Papa a passé un grand nombre de soirées au bureau avec Mme West. Il nous a dit qu'ils travaillaient sur un cas épineux.

— C'est du moins ce qu'il prétend ! siffla Jessica.

— Et bien entendu vous ne le croyez pas ? conclut Steven.

— Non ! » laissa échapper Jessica.

Après un moment, Elizabeth reprit :

« Je ne demande pas mieux que de le croire, Steve, mais depuis quelque temps les choses ont pris une telle tournure que je ne sais plus... »

Steven demanda :

« Maman semble-t-elle soucieuse ?

— Non ! C'est incroyable ! s'emporta Jessica. Comment ne se rend-elle pas compte ? Pour un homme de son âge, papa est plutôt bien, et Marianna, dans son genre, n'est pas mal non plus ! Ça crève les yeux qu'il y a quelque chose entre eux !

— Pour commencer, vous devriez croire papa, grommela Steven. Il ne nous a jamais menti. S'il dit travailler sur un dossier, c'est que c'est vrai.

— Vous êtes tous pareils, vociféra Jessica. Papa et toi, vous vous ressemblez bien ! Et en ce qui concerne vos petites amies, vous avez le même mauvais goût ! »

Cette fois, Jessica et Steven s'affrontèrent du regard. Puis Steve lança froidement.

« Tu as cinq secondes pour t'expliquer, Jessica ! »

Cette dernière se mordit les lèvres. Comme à l'habitude, elle avait parlé un peu vite et maintenant l'angoisse l'étreignait. Jamais, elle n'avait vu son frère dans un tel état ! Elle essaya de se justifier.

« Steve, je... je... je ne voulais pas... Comment peux-tu me regarder avec des yeux aussi méchants ! Ma soirée est décidément fichue !... »

Elle se cacha le visage dans ses mains, et éclata en sanglots.

« Tu es un monstre d'égoïsme, avec une langue de vipère » gronda Steven.

Elizabeth s'interposa :

« Steve, essaie de comprendre !

— Tu n'es pas fatiguée de prendre sa défense ?

— La journée a été abominable, si tu savais les horreurs qu'on raconte sur papa », balbutia-t-elle désespérée. Puis, s'armant de courage, elle ajouta : « Steve, nous savons tout. A propos de toi aussi, et... d'elle ! »

Steven parut interloqué :

« Hein ? »

Elizabeth prit une longue inspiration :

« Je te jure, Steve, nous n'avons pas fouiné dans ta vie privée, mais... »

Jessica acheva sa phrase :

« Oui, bien involontairement. Mais franchement Betsy Martin et toi, ce n'est pas possible.

— Qui parle de Betsy Martin ? C'est de Patricia dont je suis amoureux.

— Patricia ? Tu veux dire la sœur de Betsy ? s'exclama Elizabeth.

— Hé oui ! Patricia.

— C'est merveilleux, Steve ! Pat est si jolie et si gentille ! Oh ! comme je suis heureuse pour toi !

— C'est tout de même une Martin », insista Jessica, boudeuse.

Steven eut un sourire amer.

« Ne t'inquiète plus, Jess. Il n'arrivera rien entre la respectable famille Wakefield et les malheureux Martin. J'ai rompu, Jess. J'ai été assez bête pour rompre ! »

Puis, il raconta. Les premiers temps, Steven n'avait fait que rencontrer Pat chez elle. Mais, peu à peu, elle en avait déduit qu'il ne souhaitait pas se montrer avec elle en public. Que sa famille lui faisait honte. Elle n'avait pu le supporter et après l'avoir traité de snob, elle avait refusé de le revoir.

« Pat avait raison, conclut Steve tristement. Je l'ai perdue pour toujours. »

En voyant son frère si triste, Elizabeth le fut encore davantage. N'y avait-il pas un vieux dicton disant qu'un malheur n'arrive jamais seul ? A moins que ce fût jamais deux sans trois ? Bref, elle avait perdu Todd. Steve avait rompu avec Patricia. Et si son père et sa mère se séparaient, le compte serait bon. Elle nota froidement que seule Jessica était épargnée.

11

Jessica marchait nerveusement de long en large dans la chambre de sa sœur.

« Ce n'est pas sérieux ! Tu ne vas pas aller à la fête avec ce clown de Winston Egbert ! »

Toute à ses préparatifs pour la fameuse soirée, Jessica venait d'apprendre la nouvelle. Allongée sur son divan, Elizabeth posa le livre qu'elle parcourait distraitement :

« Je ne vois pas ce qui te tracasse. Winston est un bon copain. Ce n'est pas une vedette, mais il n'est pas bête !

— C'est une cloche ! trancha Jessica. Il n'a rien à dire !

— Eh bien ! C'est justement ce qui me plaît, chez lui. Winston est reposant ! Je n'aurai pas à me casser la tête, ni à me défendre contre des mains baladeuses... Bonjour, bonsoir, une bise sur le seuil de la porte et voilà ! Ce n'est pas plus compliqué ! »

Néanmoins, le soupir et l'air mélancolique dont Elizabeth ponctua ses paroles n'échappèrent pas à Jessica.

« Dis-moi, Liz, vas-tu avec Winston parce que tu n'as personne d'autre à te mettre sous la dent ? »

Elizabeth hésita. Devait-elle parler de l'offre de Bruce Patman ? Jessica risquait de ne pas comprendre qu'elle ait pu refuser une invitation du beau Bruce Patman, la coqueluche du collège. A la réflexion, Elizabeth trouvait que la situation ne manquait pas de piquant.

« Pour te dire la vérité, j'ai eu une autre invitation. Celle de Bruce Patman ! »

Jessica sursauta :

« Bruce Patman ! Tu me dis ça bien calmement ! Ce n'est pas croyable ! Il a tellement d'allure, il est si riche et il a une Porsche. Tu ne te rends pas compte, Liz ? »

A sa place, Jess aurait accepté ! Elle avait même cru avoir éveillé un certain intérêt chez Bruce, mais jamais l'occasion ne s'était présentée d'aller plus loin. Au fait, comment s'y prendre pour danser avec lui, ce soir ?

« Tu préférerais Bruce Patman à Todd ? ironisa Elizabeth.

— Bien sûr que non ! Pourquoi dis-tu ça ? Todd est parfait et il est si gentil ! Il y a évidemment le problème de la voiture. Une Porsche..., ce n'est pas mal !

— N'en parlons plus, Jess. J'ai à faire, dit Elizabeth en rassemblant ses notes. Il faut que je me prépare pour le compte rendu de la soirée.

— OK, je m'en vais. » Jessica s'arrêta sur le pas de la porte : « Un dernier mot, Liz.

— Oui ?

— Tu es sûre que tout va bien ? Tu as bien compris que c'est moi que Todd accompagne au bal ? dit-elle sérieusement.

— Et alors ?

— Dis-moi la vérité, Liz. Chaque fois qu'on prononce le nom de Todd, tu changes de couleur ! Tu sais, si tu as un faible pour lui, je te le laisse. Je resterai à la maison, voilà tout. »

Jessica prit les mains d'Elizabeth. Celle-ci sentit à nouveau un flot de tendresse la submerger. Elle connaissait la passion de Jessica pour la danse. Pour rien au monde elle n'aurait voulu lui gâcher cette soirée.

« Tu rêves, Jess. Nous irons toutes les deux au bal. Les jumelles Wakefield vont faire un "tabac" ! »

Jessica rayonnait à nouveau.

« Allons, grosse bête, fiche le camp maintenant. »

Une fois seule, son sourire disparut avec sa bonne humeur. Sans Todd, la soirée ne représentait vraiment aucun intérêt.

« Merci, Jess ! Tu m'as laissé la salle de bains inondée et tu as pris toute l'eau chaude », dit Elizabeth en s'enveloppant dans une serviette.

Jessica, affairée, un séchoir à la main, leva les yeux :

« Oh, pardon ! Je ne l'ai pas fait exprès !

— Ce n'est pas la première fois !

— Que veux-tu dire ? » Jessica fit bouffer son épaisse chevelure blonde : « Parle-moi sincèrement ? Est-ce que cette coiffure me va ?

— Fais voir ! »

Jessica virevolta.

« Dommage, Jess. »

Inquiète, Jessica s'arrêta :

« Que veux-tu dire ?

— Jess, c'est dix fois mieux que ce que ton coiffeur aurait pu faire. Tu le réduis au chômage ! »

Elizabeth s'assit sur son lit en éclatant de rire.

« Bonsoir, madame Wakefield, dit Todd Wilkins en se présentant. Je viens chercher Jessica. Nous allons à la fête.

— Entrez, Todd. Jess va descendre dans un instant. »

Elle le fit entrer dans le large living-room. La sonnette retentit à nouveau. C'était Winston Egbert.

« Vous vous connaissez, je pense ?

— Bien sûr. Salut, Todd. Quand je pense que nous avons la chance d'accompagner les ravissantes jumelles Wakefield ! » Winston fit une grimace comique.

Les deux garçons, debout dans le living-room, avaient abandonné l'uniforme de l'école : blue-jeans et T-shirts, pour un complet impeccable, chemise et cravate.

Elizabeth apparut la première. Todd et Winston la regardèrent descendre, émerveillés. Il y avait de quoi. La robe blanche qu'elle avait choisie découvrait ses épaules, faisait ressortir son teint hâlé et sa chevelure blonde.

Elle arborait un large sourire et continua à sourire en apercevant Todd.

Winston s'agita. Il leva les yeux au ciel et s'inclina en faisant le pitre.

« Après cette apparition, je n'ai plus qu'à mourir ! Elizabeth, tu es... tu es... voilà ce que tu es, Liz Wakefield !

— Et toi, Winston, tu es complètement fou ! dit-elle, riant aux larmes. Si tu continues, tu vas m'obliger à refaire mon maquillage ! »

Alice Wakefield paraissait tout aussi ravie. La joie de ces jeunes gens faisait plaisir à voir.

Seul, Todd Wilkins ne parut pas partager l'euphorie générale. Il regardait la scène avec un mélange d'amertume et un brin d'irritation.

Jessica, qui se préparait à descendre, eut un mouvement de dépit : « Ce crétin de Winston va me gâcher mon entrée ! » Puisque c'était ainsi, elle ne lui adresserait pas la parole !

« Milady, votre voiture est avancée ! » continua Winston en ouvrant la porte.

Elizabeth éclata de rire :

« Je m'en doutais ! Je savais bien que tu m'emmènerais au bal dans une citrouille ! »

En plaisantant ils se dirigèrent vers la Coccinelle orange parquée non loin de là.

« Non ! Ce n'est qu'une vieille Volkswagen qui ne roule pas très vite ! »

Alice Wakefield riait toujours quand la porte se referma :

« Ces deux-là sont impayables, Todd. »

A ce moment, Jessica fit son entrée. Elle était sensationnelle ! Sa robe bleue retenue par deux minces bretelles laissait deviner sa silhouette élancée et ses jambes magnifiques. Elle arbora son sourire le plus adorable :

« Bonsoir, Todd, dit-elle doucement.

— Salut, Jess. Tu es très jolie ! »

« Très jolie, c'est tout ce qu'il trouve à dire ! » pensa-t-elle déçue. Seulement « jolie » ! après avoir passé près de trois heures à se faire les ongles, se coiffer et se maquiller ! Enfin, en dépit de son maigre vocabulaire, ses baisers étaient doux. Jess s'arrangerait pour en profiter.

La fête battait son plein lorsque Todd et Jessica arrivèrent au bal. Les *Droids* étaient déchaînés.

« N'est-ce pas merveilleux, Todd ? dit-elle en lui prenant le bras.

— C'est très joli, dit-il sans conviction. Il jeta un vague regard à la décoration rouge et argent en forme de cœur autour des sigles des clubs, *Super Alpha* et *Super Omega*.

— C'est si romantique, ajouta Jessica. Un véritable cadre pour amoureux !

— Oui, Jess », répondit-il distraitement en parcourant la salle des yeux.

Jessica se demanda combien de : « c'est joli » et combien de silences elle pourrait encore supporter. La soirée prenait un mauvais départ. Il fallait faire quelque chose.

« J'aperçois Clara Walker et Lili Burton, ah ! et puis le pauvre Bruce Patman comme une âme en peine ! s'écria Jessica.

— Pourquoi pauvre ? souligna Todd, ironique.

— Oh, pas dans le sens où tu l'entends. Simplement parce qu'il avait invité Liz, ce soir. Mais ma sœur est tellement demandée ! »

Todd se renfrogna.

« Bon. Nous sommes venus pour danser ? Eh bien allons-y », décida-t-il brusquement en entraînant sa cavalière.

Les *Droids* jouaient un « hard-rock ». Todd et Jessica se lancèrent sur la piste. Tous deux dansaient à la perfection. Leurs figures synchronisées ne tardèrent pas à attirer tous les regards et les autres danseurs s'écartèrent même pour leur laisser faire leur numéro.

Jessica ondulait souplement autour de Todd. Sa robe dessinait une corolle, découvrant ses longues jambes bronzées.

Des applaudissements et des sifflements saluèrent la fin de l'exhibition qui avait fait bien des envieux.

Hors d'haleine, Jessica se jeta dans les bras de Todd et l'embrassa. Elle ne remarqua pas que ses regards se portaient sur une silhouette familière.

« Hoho ! Liz ? Je suis là ! Tu te souviens de moi ? Je crois bien que nous sommes venus ensemble ici ! se moqua Winston.

— Oh, Winston !

— Hé oui, ce bon vieux Winston qu'on oublie si facilement ! Si nous dansions ? Personne ne nous abandonnera la piste, mais je te promets de ne pas trop t'écraser les doigts de pieds.

— Allons-y, dit Elizabeth, sachant qu'elle ne pouvait passer la soirée à surveiller Todd et Jessica.

— Vois-tu, Liz, j'ai l'impression que nous nous sommes trompés de partenaires, dit Winston en se lançant gauchement sur la piste.

— Pourquoi ?

— Oh, j'ai bien vu que tu ne quittais pas Todd des yeux, et lui a dû attraper un torticolis à force de tourner la tête vers toi !

— Vraiment, Win ?

— Absolument certain, Liz. L'ennui, c'est que ta magnifique jumelle ne le lâchait pas non plus. J'aurais bien voulu qu'elle me regarde, moi aussi.

— Tu as toujours un faible pour Jessica ?

— Qu'en penses-tu ? » répliqua-t-il en donnant le change avec une affreuse grimace. Puis il ajouta : « Tu veux savoir le genre d'idylle qui m'est réservée ? Ça se passe généralement comme ça : “Win, tu devrais sortir avec une telle ! Elle a tellement de personnalité !” En clair : cent vingt kilos, un mètre cinquante, et plein de boutons ! Je dois me mettre à quatre pattes pour danser avec elle !

— Allons, Win, il n'y a pas que l'apparence qui compte !

— C'est ce qu'on dit. Et je ne casse pas les vitres non plus, n'est-ce pas ? » Il sourit avec gentillesse. « Enid et Ronnie nous font signe. Allons leur dire bonsoir, OK ? »

En se dirigeant vers eux, Elizabeth fit remarquer :

« Ronnie n'a pas quitté Enid d'une semelle. Quel ange gardien !

— Evidemment, plaisanta Winston, il était chien de berger dans une vie antérieure. »

Jessica avait remarqué le manège de Todd dont les yeux ne pouvaient se détacher d'Elizabeth. Cela devenait insupportable. Elle avait pourtant déployé tout son charme pour attirer son attention. Tout de suite après la première danse, il s'était de nouveau montré distrait. Or Jessica n'était pas de celles qu'on invite au bal et qu'on traite, ensuite, comme une des chaises bordant la piste !

« Il va me le payer », se dit-elle.

Après le bal, quelques groupes avaient décidé d'aller manger une pizza, mais Elizabeth avait demandé à Winston de la reconduire chez elle.

Risquer de revoir Todd et Jessica ensemble était au-dessus de ses forces. Que pouvaient-ils faire en ce moment ? Se promenaient-ils tendrement enlacés ? S'embrassaient-ils ? « Cesse de te torturer », se répétait-elle. Par bonheur, cette interminable fête était enfin terminée.

Au même moment, Todd et Jessica se souhaitaient « Bonne nuit » près de la porte d'entrée des Wakefield. Todd murmura embarrassé :

« Merci, Jessica. Ç'a été une très belle soirée. »

« Pas tout à fait, pensa Jessica, mais il n'est pas trop tard ! » Elle se blottit dans ses bras : « Oh, Todd », dit-elle dans un souffle, fermant les yeux et lui tendant ses lèvres.

Le baiser qu'elle attendait atterrit sur sa joue ! Jamais encore elle n'avait ressenti pareil dépit.

« Je te revois demain au collège », ajouta encore Todd avant de s'éloigner, laissant Jessica interloquée.

« Todd Wilkins, tu es un crétin ! Mais j'aurai ma revanche ! »

Elizabeth allait éteindre lorsqu'elle entendit la porte d'entrée se refermer. Jessica rentrait. Elle passa la tête dans l'entrebâillement de la porte :

« Puis-je te parler un instant, Liz ?

— Oui, raconte ! Ce devait être fabuleux !

— Parlons-en !

— Comment ? Tu étais avec le plus beau garçon du collège, le meilleur danseur ! Que te faut-il de plus ? »

Jessica entrevit dans un éclair comment elle allait pouvoir se venger de Todd : sa réputation de gentil garçon ne tiendrait pas longtemps ! Elle prit une mine défaite :

« C'était affreux !

— Que veux-tu dire ?

— Je croyais qu'il m'aimait, Liz, j'avais confiance en lui !

— Que s'est-il passé, Jess ?

— Je ne peux pas te le dire, j'ai trop honte. »

Elizabeth la prit dans ses bras :

« Allons, parle. Tu sais que tu peux tout me dire !

— Oui, peut-être ! » Jessica renifla et poursuivit : « Il vaut mieux que tu sois prévenue ! Tu auras probablement l'occasion de sortir avec lui et je m'en voudrais de ne pas te montrer Todd sous son vrai jour.

— Parle, qu'a-t-il fait ?

— Oh, Liz ! Je ne pouvais plus l'arrêter. J'ai dû prier, supplier...

— Ce n'est pas possible ! murmura Elizabeth, atterrée.

— Si ! J'ai eu du mal à y croire. Je le lui ai dit en me débattant.

— Et après ? Continue...

— Je ne me souviens plus très bien. Il était fou. Rien ne pouvait l'arrêter. Il me caressait, allait de plus en plus loin, et...

— Ça suffit ! Tu m'en as assez dit... »

Jessica essuya ses larmes du revers de sa main :

« Tu ne m'en veux pas, Liz, de t'avoir raconté tout ça ? Mais je voulais te mettre en garde.

— Bien sûr que non ! Tu as bien fait. » Puis d'un seul coup, la colère s'empara d'Elizabeth. « Comment a-t-il osé te traiter ainsi ? Ah ! je ne sais pas ce que je lui ferais... »

« Ne te fais pas de souci, Liz, je m'en charge ! » se dit sa jumelle, en son for intérieur.

On frappait doucement, mais d'une manière insistante.

« Steve ? »

Pas de réponse. Ned Wakefield frappa encore.

« Steve, il faut que je te parle ! »

M. Wakefield tourna le bouton de la porte. La chambre était dans l'obscurité la plus complète, à presque neuf heures du matin.

Il tira les stores et s'avança vers le lit. Son fils se cachait sous les couvertures.

« Hé ! »

Steven ne bougea pas.

Ned Wakefield s'assit sur le bord du lit :

« Tu ferais mieux de te montrer ! »

Steven jeta la couverture et montra son visage. Il avait une barbe de deux jours, ses yeux étaient rouges et gonflés.

« Tu as une tête à faire peur », déclara son père.

Steven s'assit sur le bord du lit et passa ses mains sur son visage :

« Sûrement, je me sens au-dessous de tout.

— Ecoute, Steve, j'ai cru, moi aussi, qu'il suffisait de se cacher pour que les ennuis disparaissent. Ce n'est pas vrai.

— Merci, docteur Wakefield !

— Il n'y a pas de quoi ! Maintenant lève-toi, va prendre une douche, rase-toi et descends. J'ai à te parler.

— Je croyais que tu étais sur une affaire importante ?

— Oui. C'est l'affaire Wakefield contre Wakefield ! Allons, debout ! »

Quand son mari redescendit, Alice Wakefield le regarda d'un air préoccupé.

« Il s'est levé ?

— Oui, il descend.

— Ah ! tant mieux. »

Steven avait donné trop de signes dépressifs durant les deux week-ends précédents. Notamment lors du dernier. Il était monté dans sa chambre et n'en avait pas bougé pendant deux jours. Comme il n'était pas retourné à l'Université, le dimanche soir, Alice et Ned Wakefield avaient interrogé les jumelles, sans succès. Ni Elizabeth, ni Jessica ne voulaient dire un mot sur leur frère aîné. Ce fut donc par hasard que les parents apprirent l'existence de Patricia Martin.

Lorsqu'il les rejoignit Steven paraissait en meilleure forme. Il s'assit à table et sa mère lui servit un jus de fruit et son petit déjeuner.

« Merci, je n'ai pas faim, maman.

— Fais un effort, Steve », dit sa mère d'un ton encourageant.

Steve lui lança un regard vide d'expression.

« Excuse-moi.

— Steve, commença son père, laisse-moi te dire que ce que tu ressens, nous l'avons connu aussi !

— Vraiment ?

— Penses-tu que nous n'ayons jamais eu de problèmes ? » ironisa sa mère.

Steve but une gorgée de jus d'orange. Ces discussions intimes le mettaient mal à l'aise.

« Mais, parle-nous plutôt de toi et de Patricia Martin », reprit son père.

Steven soupira :

« Les jumelles vous l'ont dit ?

— Elles n'ont rien dit du tout, déclara sa mère. Mais pourquoi t'en es-tu caché ? Patricia est une jeune fille très bien.

— Sans doute, mais sa famille... »

Ned et Alice Wakefield échangèrent un regard. Ils connaissaient les Martin de réputation. Le père était un ivrogne, et l'aînée des filles, Betsy, se droguait. Peu de temps après la naissance du dernier enfant, la mère était morte d'un cancer du sang. La famille s'était trouvée démantelée. Cela expliquait bien des choses.

Steven secoua la tête et grommela, buté.

« Bof, c'est du passé. Oubliez-le. »

Il esquissa le geste de quitter la table. Son père posa la main sur son bras et le força à se rasseoir.

« Steve, tu disparais pendant deux jours, cela mérite une explication. Patricia et toi, est-ce sérieux ?

— Oui, papa, je crois que je l'aime !

— Et elle ? » demanda Alice Wakefield.

Steven se leva et se mit à arpenter la cuisine.

« Elle me déteste. Elle ne veut plus me voir ! Et c'est ma faute. Elle est trop bien pour moi ! »

Un instant plus tard, Steve déballait son secret. De toute évidence, Patricia n'avait rien compris ! Elle était persuadée que Steven avait honte de sa famille. Et l'attitude du garçon n'avait fait qu'épaissir le malentendu.

« Quel imbécile je fais ! gémit-il. Elle ne veut plus me revoir. Je la comprends. Mais je m'en veux...

— Lui as-tu parlé comme tu viens de le faire ? » demanda sa mère.

Steven se versa un peu de café et en but une gorgée.

« Pas tout à fait, maman.

— Pourquoi ?

— J'aurais eu l'air idiot.

— Est-ce vrai, Steve ?

— Que j'ai l'air idiot ? Oui !

— Non, que tu ne te rendais pas compte de ce que tu faisais ?

— Oui, répondit lentement Steven, c'est vrai.

— Tu aimes toujours Patricia ?

— Oh ! oui, dit-il sans hésiter.

— Alors, cours. Répète-lui exactement ce que tu nous as dit. C'est la seule chose qui te reste à faire », déclara Ned Wakefield, péremptoire.

Steven resta pensif. Sans regarder ses parents, il demanda doucement :

« M'imaginez-vous lié aux Martin ?

— Tu n'es pas lié avec les Martin, Steve, mais avec Patricia !

— Cela ne vous ferait vraiment rien ? »

Ses parents se regardèrent. Sa mère prit la parole :

« Tu ne peux juger quelqu'un d'après sa famille, Steve. Je ne dis pas que la situation des Martin m'enchante, mais si tu aimes Pat, il faut te battre pour elle. Il ne s'agit ni de Betsy, ni de son père !

— Vous êtes sûrs que vous n'avez rien contre Patricia ?

— Steve, dit Ned Wakefield, il ne s'agit pas de nous, mais de toi ! Suis ta voie, laisse parler ton cœur et oublie-nous, bon sang ! »

Steven regarda longuement ses parents. Et eux ? Leur union était-elle sur le point de se défaire ? Miséricorde ! Que ne pouvait-il leur retourner leurs questions ! Et pourtant, ils se trouvaient là pour l'aider. Une vague de reconnaissance l'inonda. Il se leva, renversa son bol et se jeta au cou de sa mère !

« Je vous aime bien, tu sais !

— Nous aussi, nous t'aimons, Steve. »

Un instant plus tard, nanti de leur bénédiction, Steven volait vers Patricia !

La maison des Martin avec son toit de guingois n'avait pas fière allure. La peinture s'écaillait. Les mauvaises herbes avaient envahi l'allée, jusqu'au perron.

Steven entendit Patricia discuter avec son père. Il poussa la porte et entra dans le living-room.

Sortant du bureau paternel, Patricia l'aperçut et eut une exclamation de surprise :

« Steve, que fais-tu là ? Je t'avais dit de ne plus venir ! Je ne veux plus te parler.

— Moi, si, dit doucement Steven, je te demande pardon, je te demande pardon ! J'ai agi comme un imbécile. Tu avais raison. Je m'en suis rendu compte. Pardonne-moi, Pat, d'avoir été si bête. Je t'aime, si tu savais comme je t'aime !

— Oh ! Steve, murmura Patricia, je t'aime aussi. »

L'émotion éclairait son ravissant visage. Elle avait des yeux bruns et lumineux, des longs cheveux aux reflets cuivrés.

Ils tombèrent dans les bras l'un de l'autre. Puis la voix du père de Patricia les tira de leur rêve.

« Papa a besoin de moi, je dois te quitter !

— Ne peut-on pas se voir plus tard ? J'ai tellement de choses à te dire. On pourrait se retrouver au *King's Burger* pour dîner. Que dirais-tu de quelques clams et d'un coca ? » dit-il en embrassant Patricia sur le bout du nez.

Elle eut un sourire radieux.

« OK, Steve, viens me chercher à huit heures. »

Elle se dépêcha de rejoindre son père, laissant Steve étourdi de bonheur.

La soirée était belle et Steven roulait doucement après avoir reconduit Patricia chez elle. Ses pensées vagabondaient, mais revenaient sans cesse à celle qu'il venait de retrouver.

Soudain, à quelques mètres devant lui, il reconnut la Ford de son père. Ce serait amusant de le suivre jusqu'à leur maison, d'arriver ensemble à la porte du garage. Il en profiterait pour le remercier de ses précieux conseils.

Il brancha la radio de bord qui diffusait de la musique douce. Son attention s'était relâchée et il manqua d'être semé par la Ford. Steven la rejoignit dans une rue latérale et s'aperçut alors que son père n'était pas seul dans la voiture. Marianna West était à son côté !

Steven avait le sentiment de se livrer désormais à un espionnage humiliant. En même temps, l'étrangeté de cette situation piquait sa curiosité. Il était bien tard pour rentrer du bureau ! La voiture de son père ralentit. Steven fit de même, et se rangea dans l'ombre sur le bas-côté de la rue.

Marianna et son père descendirent, poursuivant en riant leur conversation. Ils se dirigèrent vers le bungalow et entrèrent. Steven refusait de croire ce qui semblait confirmer les pires rumeurs. Il demeura assis, enfoncé dans son siège pendant un long moment, tandis que la radio jouait en sourdine.

Finalement, le visage sombre, Steven embraya et rentra chez lui. La maison était silencieuse et paisible. Sa mère devait dormir, ignorant tout. Tant mieux. En silence, il gagna sa chambre, se coucha, mais se tint éveillé pour savoir à quelle heure rentrerait son père.

13

Elizabeth ne se rappelait pas avoir vécu de moments aussi pénibles. Comme dans un mauvais rêve, tout s'effondrait au fil des jours. Son père s'intéressait à une autre femme, sans que sa mère veuille s'en rendre compte. Les Burton cherchaient à mettre la main sur le terrain de football au moment où devait se jouer le match de l'année. Qui se souciait de les en empêcher ? Les Patman, non moins avides, voulaient en faire un jardin anglais ! Le différend passait en justice. Ce qui allait encore favoriser le rapprochement de son père et de Marianna puisque leur cabinet juridique s'occupait de l'affaire ! Enfin, pire que tout, Todd Wilkins s'était montré aussi odieux que Rick Andover.

Cela devenait une obsession. Comment Todd avait-il pu se conduire ainsi ? Elle n'avait aucune raison de mettre en doute les dires de Jessica. Pourquoi sa jumelle aurait-elle menti ? Assurément, Elizabeth avait du mal à visualiser la scène. Les gestes dégoûtants que sa sœur avait dépeints demeuraient irréels et dénués de vraisemblance. C'était désespérant. Todd et Jessica continuaient à vivre comme si de rien était. Todd, lui-même, se comportait à Sun Valley High de manière parfaitement naturelle. Elizabeth n'en revenait pas ! Chaque fois qu'ils se trouvaient nez à nez, Todd s'efforçait d'engager la conversation le plus naturellement du monde.

« Hé, Liz, que dirais-tu de déjeuner ensemble, demanda-t-il, un jour après le cours d'histoire.

— Impossible, je suis occupée », lui répondit-elle sèchement.

Il lui décocha un regard plein de tristesse et d'incompréhension. Elizabeth n'en eut cure. Loin de se décourager, en cours de chimie, Todd lui fit passer un papier : « Attends-moi sous le portique, après les cours ! » Elizabeth se garda bien d'obtempérer.

Mais, avec une rare obstination, Todd tenta quotidiennement sa chance ; provoquant des rencontres maladroites qu'Elizabeth fuyait résolument, troublée et malheureuse.

Même les éloges de M. Collins pour l'excellent article qu'elle avait écrit sur leur manifestation n'avaient pas amélioré son humeur chagrine.

« Vous avez fait un véritable travail de professionnel ! estima M. Collins.

— Merci.

— Voulez-vous que nous en parlions ? » ajouta-t-il, en se penchant vers elle.

Elizabeth se força à sourire.

« Excusez-moi, monsieur Collins. Ces derniers temps n'ont pas été très drôles !

— Pensez-vous être capable de suivre le déroulement du procès au sujet du terrain de jeux ?

— Bien sûr. Quelle est la prochaine étape ?

— L'affaire va passer en jugement. Il faudra vous rendre au tribunal. Je crois que c'est votre père qui assure la défense. Faites attention, restez impartiale !

— Soyez sans inquiétude, monsieur Collins, je le serai.

— Pas de conclusions hâtives, Elizabeth, tenez-vous-en aux faits, et vous réaliserez un bon reportage.

— OK.

— Au fait, la collaboratrice de votre père n'est-elle pas Mme West ?

— Si, murmura Elizabeth.

— Eh bien, bonne chance. Soyez au tribunal mardi à neuf heures et demie. »

L'idée de devoir assister aux débats menés par son père et « cette femme » n'était pas pour remonter le moral d'Elizabeth. Le coup de téléphone de Todd, dans les minutes qui suivirent, non plus.

« Liz ?

— Oui.

— C'est Todd.

— Que veux-tu ?

— Liz ! écoute, que se passe-t-il entre nous ?

— Rien de particulier.

— Explique-toi plus clairement, dit-il avec une pointe d'irritation.

— Pourquoi t'obstines-tu à nous ennuyer ?

— Qui ça, vous ?

— Jessica et moi ! Tu te trompes sur notre compte.

— Mais que veux-tu dire ? Tu es folle ?

— Allons, tu le sais très bien !

— Pas du tout !

— Bon, abrégeons, que me veux-tu, Todd ?

— Je voudrais seulement avoir la chance de te rencontrer, Elizabeth... Et puis zut ! Liz, c'est moi qui finis par me sentir coupable ! »

Elizabeth écoutait intensément. Peut-être allait-il s'expliquer ! Justifier sa conduite !

Sa voix s'adoucit.

« Je t'écoute, Todd.

— Liz, personne n'est parfait. Tu peux commettre une faute, sans presque y faire attention, et... la regretter par la suite. On ne peut t'en garder rigueur éternellement ! »

Elizabeth était de cet avis. Que Todd éprouve des remords pour sa conduite envers Jessica serait déjà un premier pas.

« Je veux m'excuser de m'être conduit comme je l'ai fait, Liz.

— Tu as raison. Tu ne sais à quel point j'ai été choquée !

— Franchement, Liz, peux-tu m'en vouloir ? J'ai beaucoup réfléchi. Je n'ai pas à te juger. Je te pardonne. »

Elizabeth se demanda si elle avait bien entendu.

« *Tu me pardonnes ?* répéta-t-elle, ahurie.

— Oui, à la condition que tu me promettes de ne jamais revoir ce sale type, Rick Andover. »

Cette fois, la jeune fille eut l'impression de recevoir une douche glacée sur la tête !

« Tu crois toujours cette histoire ?

— Comme tout le monde !

— Jessica ne t'a donc rien dit ?

— Si. Elle a été magnifique. Elle s'est accusée à ta place, mais après tout, c'est du passé. Oublions-le. »

Elizabeth eut un sursaut de colère.

« Eh bien ! veux-tu un conseil, Todd ? Ne t'occupe plus de ça. Je n'ai que faire de ta générosité !

— Elizabeth, je ne veux pas me mettre en colère, mais tu exagères ! Ecoute, tâchons de nous voir ce soir, nous pourrons nous expliquer une fois pour toutes.

— Après ce que tu as fait ? Tu as du toupet ! Todd, je ne veux plus te parler, ni ce soir ni jamais. Tu comprends ? »

Elizabeth raccrocha et éclata en sanglots. Cette fois c'était fini, bien fini.

14

Le tribunal était situé dans une belle maison de style colonial, très imposante. Elizabeth fut intimidée quand on la conduisit directement dans la salle où se bousculait la presse.

« Il y a une pièce réservée aux journalistes ?

— Oui, ma petite demoiselle, droit devant vous, la troisième porte à gauche », répondit le garde qui l'accompagnait.

Elizabeth entrouvrit timidement le battant et se glissa à l'intérieur.

De vastes bureaux étaient disposés le long des murs. Des piles de journaux, de bulletins officiels les recouvraient. Les journalistes étaient déjà là, discutant familièrement. « Peut-être un jour serai-je comme eux », se dit Elizabeth. M. Collins lui avait recommandé de prendre contact avec un certain Eric Garnet, reporter au *Sun Valley News*.

« Hello, monsieur Garnet », dit-elle timidement.

Eric Garnet lui répondit en souriant :

« N'êtes vous pas la célèbre reporter de Sun Valley High ? »

Elizabeth rougit :

« Célèbre, pas encore... reporter, à peine !

— Bon, que puis-je faire pour vous ?

— Je suis envoyée pour couvrir l'affaire du terrain de football. » Elizabeth rougit de plus belle : « Je veux dire, l'affaire Burton contre le conseil du collège. »

Garnet la conduisit au deuxième étage où siégeait le tribunal et lui souhaita bonne chance.

Dave Schultz et M. Cooper, le principal du collège, étaient déjà assis dans la partie réservée au public.

Le juge Robert Daly, revêtu de sa robe noire, compulsait des notes d'un air grave. A la table de la partie civile se tenait Georges Burton, entouré de ses avocats. Il avait l'air sombre et déterminé. Enfin, dans la partie réservée à la défense, elle aperçut son père au côté de son assistante, Marianna West. Elizabeth fut ulcérée de voir avec quelle sollicitude, semblait-il, ils se penchaient l'un vers l'autre, se parlant à voix basse, échangeant Dieu sait quels secrets. Encore heureux que sa mère ne soit pas là ! pensa-t-elle.

A une dernière table Henry Wilson Patman trônait avec ses deux avocats.

« Affaire Patman-Burton, contre le collège de Sun Valley High, annonça le juge. Les deux parties sont-elles prêtes ?

— Prêts, Votre Honneur », annonça Marianna West, devançant tous les autres.

Elizabeth lui jeta un regard furieux. Quelle arrogance ! Ne pouvait-elle laisser parler son père, à qui cela revenait de droit ! Elizabeth fut distraite de ses récriminations par les avocats de la partie civile qui défilèrent à la barre, avec de grandes envolées remplies d'un jargon juridique qui la laissèrent perplexe.

L'un d'eux, vêtu d'un complet bleu marine, expliquait pourquoi à son avis les Burton étaient en droit de réclamer le terrain, les autorités du collège n'ayant pas renouvelé le bail arrivé à expiration.

Un autre, pour le compte d'Henry Patman, dans une ardente plaidoirie, brossa un tableau effrayant de ce qu'il adviendrait si on laissait construire une usine sur cet emplacement. Sun Valley serait défiguré, les fumées et la pollution envahiraient la ville. La population ne pouvait être insensible à cette menace !

Les arguments des uns et des autres étaient aussi convaincants et Elizabeth se sentit incapable de dire qui avait raison et qui avait tort. Son père, il est vrai, n'avait pas encore pris la parole. C'était un excellent avocat, capable de sauver le collège !

A son grand étonnement, ce fut Marianna West qui se leva pour plaider. Rassemblant les notes qui se trouvaient devant elle, elle s'adressa à la cour d'une voix claire et bien timbrée. Le thème de sa plaidoirie était simple : ce terrain de foot, n'était-il pas aussi utile aux collégiens que les bâtiments du collège eux-mêmes ? Ne convenait-il pas de développer le corps des élèves en même temps que leur esprit ?

Elizabeth prenait des notes à toute vitesse, essayant de se mettre au diapason. De toute évidence, Marianna West maîtrisait son sujet. Son père avait dû lui faire la leçon ! Malgré elle, il lui fallait reconnaître que Marianna West s'était tirée avec élégance d'une situation difficile. Elle se prit à écrire sur son bloc : « Mme West a soutenu les intérêts de Sun Valley High avec chaleur et habileté. »

Le juge demanda une suspension d'audience. Elizabeth en profita pour rejoindre son père. Elle ressentit un choc lorsqu'elle le vit passer son bras autour des épaules de Marianna West. Devant tout le monde ! La voix lui manqua pour répondre aux présentations. Marianna, heureusement, ne s'en aperçut pas. Tout sourires, encore prise dans le feu de sa plaidoirie, elle félicita affectueusement Elizabeth.

« Ned m'avait bien dit que ses filles étaient belles ! Il était au-dessous de la vérité ! »

Elizabeth rougit, confuse. Le ton de Marianna était chaleureux, son visage ouvert et le rayonnement qui s'en dégageait attirait la sympathie. Elizabeth ne pouvait s'en défendre et avait l'impression gênante de trahir la cause de sa mère.

L'huissier annonça la reprise de l'audience. Chacun regagna sa place, en silence, retenant sa respiration avant l'énoncé du verdict.

Après un nombre interminable d'attendus, le jugement tomba, clair et net :

« Georges Burton et Harry Patman sont déboutés. Le Conseil supérieur du collège de Sun Valley est appelé à faire valoir ses droits sur la propriété du terrain. »

Dave Schultz, assis à côté de « Crâne d'acier », se dressa d'un bond et cria :

« Hourra pour Sun Valley ! »

Dans la confusion qui suivit, les exclamations qui fusèrent de toute part, personne n'entendit les rappels à l'ordre de l'huissier. Personne, Elizabeth exceptée, ne remarqua Burton, Patman et leur clique qui s'éclipsaient discrètement. M. Cooper et Dave Schultz ramenèrent Elizabeth au collège, où elle tomba sur Ken Matthews et son équipe des « Gladiateurs » au complet qui la portèrent en triomphe, dans toute l'école, aux cris de : « On a gagné ! ».

Après qu'ils l'eurent déposée au bureau de *L'Oracle* ses camarades l'assaillirent de questions pendant qu'elle rassemblait ses notes pour rédiger son article.

« C'est ton père qui a plaidé ?

— Non, il était là mais c'est Marianna West qui a parlé. »

Par-dessus son épaule, M. Collins parcourait l'article.

« C'est bien, Elizabeth. Vous avez su demeurer au-dessus de la mêlée ! »

Elizabeth soupira. Ce n'était pas exactement ce qu'elle ressentait. Ses idées sombres revenaient au galop. A peine fut-elle revenue à la maison que sa mère lança :

« Liz, ma chérie, veux-tu mettre la table avec le grand service et l'argenterie ? Nous avons des invités.

— Vrai ?

— Oui. Et pour une fois nous serons tous réunis. Je sais que vous ne nous voyez pas souvent !

— Formidable, maman ! Qui vient ce soir, à part nous ? dit Elizabeth gaiement, en embrassant sa mère.

— Marianna West, et... »

Sans lui laisser le temps de terminer, Elizabeth s'exclama : « Marianna West ?

— Oui. Votre père en profitera pour vous annoncer une grande nouvelle.

— A propos de Marianna West ?

— Oui », répondit calmement sa mère.

Le visage bouleversé, Elizabeth entraîna Jessica dans sa chambre. Elle referma la porte et s'écria d'une voix entrecoupée de sanglots :

« Marianna West vient dîner ce soir et papa va nous annoncer tu devines quoi !...

— Son divorce ! Oh, mon Dieu ! gémit Jessica.

— Je ne peux pas y croire. Papa ne peut pas faire une chose pareille !

— Pourquoi pas ? répliqua Jessica avec violence. Il est amoureux de Marianna. Cela crève les yeux !

— Qu'allons-nous devenir ? » soupira Elizabeth.

Les jumelles se regardèrent en silence. La porte s'ouvrit. Jessica eut un mouvement de surprise, c'était Steven.

« Toi ? Nous ne t'attendions pas, mais entre, il se passe des choses graves ! »

Les jumelles mirent leur frère au courant. Steven s'effondra dans un fauteuil :

« Et moi qui ai demandé à Patricia de venir ! On ne peut pas la mêler à ces histoires ! Que va-t-on faire ?

— Je n'en sais rien, ragea Jessica. Préparons-nous au pire. »

Alice Wakefield, de son côté, mettait la dernière main aux préparatifs du dîner : crème d'asperges, canard à l'orange, parfait glacé composaient le menu.

Steven et les deux jumelles, le visage défait, descendirent au salon.

Steven n'avait pu joindre Patricia pour la décommander. De toute façon, il était trop tard pour entreprendre quoi que ce soit : Marianna était déjà là, buvant un cocktail en compagnie de leurs parents. Elle semblait radieuse, et une robe bleu acier mettait sa beauté en valeur.

L'atmosphère était détendue et la conversation pleine de gaieté.

Patricia entra à son tour et fut accueillie affectueusement par les Wakefield.

« Quelle comédie, grinça Jessica, c'est écœurant ! »

La conversation se poursuivit quelque temps, puis Ned Wakefield leva son verre et demanda le silence :

« Je ne peux attendre davantage pour vous annoncer une grande nouvelle ! »

Elizabeth retint son souffle. Jessica dévisagea son père. Steven ne tenait plus en place.

Ned Wakefield fit durer le suspense, puis se leva et annonça :

« Je porte un toast à Marianna, notre nouvelle associée ! »

Les jumelles demeuraient bouche bée. Marianna regarda tour à tour Ned puis Alice ! La surprise lui faisait ouvrir de grands yeux.

Ned Wakefield se mit à rire.

« C'est officiel depuis ce soir ! Marianna, vous n'êtes plus mon assistante, mais notre associée à part entière désormais. En fin de compte, toutes nos heures supplémentaires n'ont pas été inutiles ! »

C'était donc ça ! Leur père avait aidé Marianna à obtenir la promotion qu'il jugeait méritée !

Elizabeth piqua un fard, honteuse des soupçons qu'elle avait eus si injustement. Jessica se remettait lentement de sa surprise.

Dans un élan, Marianna laissa éclater sa joie.

« Ned, vous êtes formidable ! Sans vous je n'y serais jamais arrivée. » Elle se jeta dans ses bras et l'embrassa sur les deux joues, puis étreignit Alice Wakefield : « Votre mari est extraordinaire, Alice !

— Je le sais, lui répondit Mme Wakefield en posant la main sur le bras de son mari.

— Les bonnes nouvelles creusent l'appétit ! Si nous passions à table ? » dit celui-ci en souriant.

Elizabeth prit le bras de sa sœur et jeta un regard radieux à Steven et Patricia. Tous quatre se mirent à table, bien décidés à faire honneur au repas !

Elizabeth passa sa commande, cheese burger et Coca Cola, avant de poursuivre sa conversation avec Enid.

Le lendemain de ce dîner mémorable, les deux amies s'étaient arrêtées au *King's burger* après les cours, pour bavarder tranquillement en prenant un sandwich.

« Tu aurais dû voir la tête des Burton et des Patman ! C'était à mourir de rire. Enfin, nous n'avons plus de souci à nous faire pour notre terrain de sport ! »

Le regard d'Enid se porta brusquement derrière Elizabeth ; elle bégaya :

« Allons-nous-en, Liz. Il faut que je rentre.

— Mais, Enid, nous n'avons pas encore déjeuné. Tu ne vas pas bien ?

— J'ai promis à ma mère de faire ma chambre à fond.

— Tu as déjà fait le ménage en grand samedi dernier, tu ne te rappelles pas ? J'étais avec toi ! plaisanta Elizabeth.

— Si, très bien, mais j'ai autre chose à faire. Allons, viens !

— Arrête donc, Enid. On dirait que tu as vu un fantôme ! »

Elizabeth se retourna et vit à son tour Todd et Emily Meyer assis dans un box, non loin de là.

« Ah, je comprends, murmura Elizabeth. Il ne fallait pas te donner tant de mal, Enid. Ça n'en vaut pas la peine ! De toute façon, nous serions tombées sur eux en sortant. »

Elle s'en voulait d'être encore bouleversée à la vue de Todd avec une autre.

Enid ne savait plus où se mettre. Elle essaya de réconforter Elizabeth :

« Ils doivent parler du nouveau programme de cours !

— Je me moque bien de ce qu'ils peuvent faire, Enid. Je me fiche de Todd Wilkins.

— Elizabeth, je suis ton amie. Tu n'as pas besoin de jouer la comédie avec moi !

— Je ne joue rien du tout. Il n'y a rien entre Todd et moi ! »

Elle voulait ajouter : « Il n'y a jamais rien eu, et il n'y aura jamais rien », mais elle ne pouvait s'empêcher de lancer un autre coup d'œil à Todd et Emily. Elle était étonnée de ressentir un sentiment qui ressemblait à de la jalousie, en le voyant parler et sourire à cette petite brunette. « Je me demande si elle sait ce qui l'attend », pensa Elizabeth avec amertume.

On apporta leur commande. Elizabeth et Enid déjeunèrent sans appétit, n'échangeant que quelques mots. La dernière bouchée avalée, elles se levèrent et se dirigèrent vers la sortie. Elizabeth arbora un grand sourire en s'approchant de la table de Todd et d'Emily.

« Bonjour, vous deux. Emily, vous avez été extra à la fête ! Les "Droids" sont formidables... Eh bien ! A un de ces jours... »

Elizabeth sortit le plus rapidement qu'elle put et se réfugia au volant de sa voiture dans le parking, pour que l'on ne voie pas ses larmes.

Le fait d'avoir revu Todd en compagnie d'Emily avait ravivé la blessure d'Elizabeth et la rendait plus douleureuse encore, bien que plusieurs jours se soient écoulés. Ses efforts pour oublier avaient été vains. Elle s'était crue guérie. Une rencontre de quelques instants ramenait tout à la surface ! Cela ne pouvait pas durer. Elle n'allait pas porter éternellement le deuil de ses illusions !

Elle alla patiner avec Ken Matthews et se laissa raccompagner sous l'œil soupçonneux de Jessica qui se demandait si Ken ne courait pas une nouvelle aventure avec sa sœur.

Elizabeth se rendit à une soirée chez Caroline Pearce, à qui elle en voulait toujours d'avoir colporté les bruits de l'aventure chez *Kelly*. La soirée se termina au snack du *King's Burger*. Todd faisait partie de la bande. Elizabeth s'efforçait de l'éviter. Elle aurait juré qu'il agissait de même.

Au moment de se quitter, les jeunes gens se répartirent dans les voitures disponibles. Quelques-uns s'entassèrent dans la Fiat que Jessica était de nouveau autorisée à conduire. Enid et Caroline furent les premières arrivées.

Lorsqu'elles eurent déposé à son tour Lili Burton, Elizabeth eut l'impression qu'une voiture les suivait.

« Tu te fais des idées, dit négligemmment Jessica.

— Je t'assure que non. On nous suit ! »

En effet un rapide coupé de sport ne les lâchait pas et paraissait même se rapprocher.

Jessica frissonna :

« J'ai peur, Liz !

— N'arrête pas, rentre directement ! »

Jessica, au comble de l'affolement, cala le moteur en s'arrêtant à un feu rouge, et ne parvint pas à le remettre en marche.

Le coupé arriva à leur hauteur et s'arrêta. Le conducteur descendit et s'approcha du cabriolet.

« Ma parole, ce sont mes chères petites jumelles Wakefield ! »

Jessica sursauta. Cette voix lui était familière !

« Rick Andover ! Tu m'as fait une peur bleue. Je n'avais pas reconnu ta voiture.

— Bien sûr, mon ange, la mienne est au garage. J'ai dû emprunter celle-ci. Tu la trouves à ton goût ? Ça te dirait de venir l'essayer ?

— Jess, murmura Elizabeth, ne réponds pas, il est ivre.

— Tiens, voilà l'autre poupée qui se réveille ! J'ai bu, mais pas trop pour ce que je veux faire ! Attention, les filles ! »

Avant qu'elles aient pu faire un geste, Rick avait sauté au volant de la Fiat, repoussant Jessica contre sa sœur.

« Sors de là, gronda Jessica.

— Il faut bien que je vous aide à démarrer cette bagnole, je ne peux pas vous laisser en panne !

— Bon, mets en marche le moteur et va-t'en ! » ordonna Elizabeth.

La Fiat ronronna au premier coup de démarreur, mais Rick ne descendit pas. Il embraya et, accélérant brutalement, dévala l'avenue comme aux 500 Miles d'Indianapolis.

« Arrête immédiatement, hurla Jessica.

— Laisse-nous descendre ! » cria Elizabeth.

Rick Andover éclata de rire et écrasa l'accélérateur. La petite Fiat bondit, les pneus gémissant dans les virages qui menaient au bas de la colline, là où était situé leur restaurant favori, le *King's Burger*.

« Au secours ! » cria Jessica.

Rick s'engouffra dans le parking, évitant de justesse un groupe de jeunes gens qui en sortaient.

L'un d'entre eux jeta un regard sur les occupants de la voiture et se détourna stupéfait. C'était Todd Wilkins.

Rick poursuivait sa course démente, accélérant comme un fou, virant à la dernière seconde, criant :

« Débarrassez le terrain, bande d'imbéciles, ou je fonce dans le tas ! »

Dans un crissement de pneus, il s'élança hors du parking, manquant d'accrocher deux autres voitures. Il se glissa dans le trafic et fonça vers le bord de mer.

En un éclair, Elizabeth aperçut Todd qui les regardait sans comprendre.

La stupéfaction de Todd se changea en fureur quand, au passage, il vit le visage d'Elizabeth déformé par la terreur, et Rick Andover au volant. D'un bond il sauta dans sa Datsun et se lança à leur poursuite.

La Fiat zigzaguait au milieu des autres voitures, passant d'une file à l'autre, suivant la fantaisie de Rick.

Jessica en larmes supplia :

« Elizabeth, fais-le cesser ce jeu stupide !

— Rick, arrête immédiatemment, ou... » ordonna Elizabeth.

Rick eut un ricanement sinistre. Il aboya :

« Criez autant que vous voudrez. Qui peut vous entendre ? »

Elizabeth lança un regard terrifié à Jessica. Rick était devenu fou. Il risquait de déraper et de les tuer.

Jessica tressaillit en reconnaissant le chemin sur lequel la voiture s'engageait maintenant : ils retournaient chez *Kelly* !

« Je vais leur montrer, bredouilla Rick, qu'on ne me met pas à la porte comme ça !

— Jamais on ne croira qu'il nous a emmenées de force ! chuchota Jessica à l'oreille d'Elizabeth. Cette fois, nous n'y coupons pas. On va nous arrêter pour de bon ! »

Rick n'avait pas remarqué la vieille Datsun qui gagnait peu à peu du terrain derrière lui. Il vira sèchement, s'engouffra dans le parking de *Kelly* et s'arrêta dans un nuage de poussière. Il ouvrit brutalement la portière d'Elizabeth, et agrippant les deux sœurs par le bras, les tira hors de leur siège.

Au même moment, la Datsun arriva, freins bloqués, barrant le passage.

Rick laissa échapper une bordée d'injures :

« Dégage, espèce d'abruti ! »

La portière de la Datsun s'ouvrit pour laisser passer Todd Wilkins qui s'avança, menaçant.

« Todd, s'écrièrent ensemble les deux jumelles.

— Montez dans ma voiture », leur dit Todd, alors que Rick les avait relâchées pour faire face à cet adversaire imprévu.

Les poings serrés, une lueur meurtrière dans le regard, Rick grogna :

« Tu oses donner des ordres ? Fiche le camp avant que je te flanque une correction !

— C'est toi qui vas partir, Rick », dit Todd calmement. Rapide comme l'éclair, le poing de Rick frappa Todd à la mâchoire. Todd vacilla, un filet de sang au coin de la bouche. Il se ressaisit et avec une fureur décuplée, assena une série de crochets qui envoyèrent son adversaire mordre la poussière. Rick n'eut pas la force de se relever et resta à genoux, en se tenant les côtes, le souffle coupé.

Todd se tourna vers les jumelles :

« Il a son compte. Vencz, maintenant. Vous ne risquez plus rien. »

Tremblante, Elizabeth s'approcha de Todd :

« Tu n'es pas blessé ?

— Non. Rien de cassé. Et vous, ça va ?

— Je croyais qu'il allait te tuer ! Oh, Todd, tu as été formidable ! Tu nous as sauvé la vie ! s'exclama Jessica. Pourvu que je ne revienne jamais ici, ni dans ce bar si horrible ! »

Tood lui lança un regard incrédule.

« Il faut que je t'embrasse ! » dit Jessica en s'approchant de lui.

Elizabeth l'arrêta :

« Non, cette fois, c'est mon tour ! »

Elle se jeta dans le bras de Todd, abasourdi, et lui donna un long baiser.

Ce n'est qu'une fois de retour à la maison que Todd se tourna vers Jessica.

« Dis-moi, que voulais-tu dire tout à l'heure ? Comment sais-tu ce qui se passe dans ce bar ?

— Je suis trop fatiguée pour te répondre, dit brusquement Jessica, ses yeux allant de l'un à l'autre. Bonsoir ! »

Jessica s'esquiva et Elizabeth murmura : « Merci, Todd, sans toi je ne sais ce que je serais devenue !

— Liz, tu veux dire que l'autre fois ce n'était pas toi ? »

Elizabeth eut un regard navré.

« Mais enfin, Todd. Jessica ne t'a-t-elle pas dit que c'était elle ?

— Si, bien sûr, mais...

— Mais quoi ?

— Elle m'a dit que c'était elle qui était allée chez Kelly, mais... oh, Liz ! J'aurais dû savoir que tu n'étais pas capable de faire une chose pareille. Comment ai-je pu être aussi stupide ?

— Pas plus que d'autres, Todd. C'était difficile de croire le contraire, Jessica a une manière bien à elle de dire la vérité !

— Quel imbécile j'ai été ! Mais aussi, tu avais tellement de succès ! N'importe qui aurait pu te faire la cour. Tout était possible. Tu ne me regardais même plus.

— Qui t'a dit de pareils mensonges ?

— Jessica ! Elle me répétait sans cesse que tu étais submergée de rendez-vous, que tu n'avais pas le temps de me voir.

— Je comprends. C'est ça qui t'a décidé à te tourner vers elle ?

— Moi ? Jessica ne m'a jamais intéressé.

— Pourtant, après la fête, quand tu t'es jeté sur elle et que tu t'es montré, disons... très entreprenant... »

Todd écarquilla les yeux.

« Hein ? Mais qui a pu te dire une chose pareille ?

— Jessica !

— Liz ! Je n'ai pas touché Jessica ! Je l'ai juste embrassée sur les joues en la quittant, et encore c'est elle qui s'est jetée dans mes bras ! »

Todd se rapprocha d'Elizabeth.

« Non, Liz, c'est toi que j'aime, personne d'autre !

— Et Emily ?

— Emily, nous préparions la prochaine interro d'histoire...

— Il n'y a rien eu avec Jessica ?

— Non. Et tu n'es pas allée avec Rick ?

— Jamais de la vie ! »

Todd secoua la tête, abasourdi.

Elizabeth ne put s'empêcher de rire en imaginant la tête de Jessica qui certainement attendait plus qu'un simple baiser sur la joue ! Certes, elle avait dû être folle de rage.

« Cela n'a rien de drôle, dit Todd surpris.

— En effet... »

Elle n'acheva pas sa phrase, car elle se retrouva dans les bras de Todd. Leurs lèvres s'unirent dans un long baiser. Elizabeth, le cœur battant, les yeux fermés, souhaitait que cet instant, si fortement désiré, durât toujours. Todd lui murmura à l'oreille :

« Il n'y a jamais eu personne d'autre que toi, Liz ! »

Elizabeth sourit, blottie plus étroitement dans les bras de Todd. Ils échangèrent un nouveau baiser qui lui parut plus merveilleux que tout ce qu'elle pouvait imaginer.

17

Elizabeth se sentait des ailes. En rentrant dans sa chambre, elle se précipita vers son miroir. L'image qu'il lui renvoya confirma ce qu'elle ressentait.

Son visage épanoui était bien celui d'une fille amoureuse, illuminé par un sentiment partagé.

Elle se déshabilla rapidement, passa sa chemise de nuit et se glissa dans les draps, pour mieux rêver de celui qu'elle se remémorait avec tant de douceur.

Le sommeil ne venait pas. Une pensée l'empêchait de se blottir dans ses rêves.

Un dernier compte à régler ! Elizabeth se releva et se dirigea vers la chambre de Jessica.

Celle-ci jouait avec les nouveaux flacons de maquillage qu'elle venait d'acheter.

« Si je prends cet eye-liner, ça fait ressortir le vert de mes yeux, tu ne trouves pas, Elizabeth ?

— Je ne pense pas.

— Tu préfères le bleu ?

— Ni l'un ni l'autre pour le moment. Je suis venue te parler d'autre chose. Tu ne t'en doutes pas ?

— Sincèrement, non ! » Les yeux de Jessica étaient pleins d'innocence. « Qu'y a-t-il encore ?

— Tu vas le savoir.

— Parle. Je ferais n'importe quoi pour t'aider, Liz.

— Jessica !

— Tu es tout pour moi, Liz !

— Jess, Todd m'a tout raconté !

— Et tu l'as cru, davantage que ta propre sœur ? » dit-elle en changeant de ton.

Elizabeth ne prêta aucune attention à l'air accablé de Jessica. Elle poursuivit :

« Tood n'a jamais essayé de t'embrasser, ni de...

— C'est tout ? » Le visage de Jessica s'éclaira. Elle se sentait sur un terrain familier.

« Non. Il y a d'autres points à éclaircir.

— Quoi donc ? » Cela se compliquait !

« Ta soirée chez Kelly, avec Rick Andover ?

— Je t'ai déjà tout dit. C'est de l'histoire ancienne. Pour ce qui est de Todd, c'est vrai, il ne m'a rien fait de mal. Je t'ai raconté cette histoire dans ton propre intérêt.

— Vraiment ?

— Oui ! pour te rendre service !

— Tu n'as rien trouvé de mieux que de me faire croire que le garçon que j'aime courait après ma sœur ?

— Liz, je croyais honnêtement que Todd n'était pas un parti pour toi. Tu n'étais pas capable de te défendre !

— Jessica, tu ne penses pas ce que tu dis. La vérité est que tu avais un faible pour lui et que tu voulais te débarrasser d'une concurrente ! »

Poussée dans ses retranchements, Jessica adopta une attitude différente.

« Tu as raison. Todd ne me déplaisait pas, mais je ne savais pas que tu l'aimais tant. Après tout, ça se termine bien puisqu'il t'aime aussi : il l'a montré ce soir ! C'est un très chic type et je suis bien contente pour vous deux. Je te demande pardon. Ne peut-on pas oublier tout cela ? Il t'arrive aussi de te tromper !

— Et pour Kelly ?

— Je n'ai rien de plus à te dire, Liz. Je n'en peux plus. Je vais me coucher. J'ai la tête en feu, je dois couver une grippe. Tâte mon front. »

Elle se pencha vers sa sœur, avec en un instant les traits tirés et un visage qui paraissait fiévreux.

« Comédienne ! lança Elizabeth, la prenant par les épaules et la regardant dans les yeux. J'en ai assez de tes mensonges !

— Je t'en prie. A quoi bon revenir sur une affaire classée !

— J'insiste. »

Jessica connaissait le caractère d'Elizabeth et bien que sœurs jumelles, elle avait parfois le sentiment d'avoir affaire à une sœur aînée, plus calme, plus réfléchie.

Elizabeth ne céderait pas et Jessica, sachant qu'elle n'y couperait pas, éclata en sanglots.

« Jessica, comment as-tu pu laisser croire que c'était moi qui étais allée chez Kelly ? gronda Elizabeth. Comment as-tu pu faire quelque chose d'aussi ignoble ?

— Je m'en veux, Liz, pardonne-moi ! balbutia Jessica, le visage inondé de larmes. Je m'en suis tout de suite rendu compte. Je ne voulais pas te faire de mal. Toi, tu aurais certainement agi autrement. Moi je ne pouvais pas.

— Pourquoi ? »

Jessica ne put répondre tant elle pleurait, mais Elizabeth était déterminée à vider l'abcès. Elle voulait entendre de la bouche de sa sœur une confession totale. Finalement Jessica, ayant épuisé tous les moyens de tergiverser, céda.

« Cela aurait été terrible si on avait su au collège que j'étais allée dans ce bouge. Tu sais que pour être capitaine des supporters il faut que tu aies un dossier personnel irréprochable. C'est une règle absolue. Je ne pouvais me résoudre à tout perdre. J'aime tellement m'occuper de l'équipe !

— Tu n'as pas pensé que les conséquences seraient aussi graves pour moi ?

— Ce n'était pas la même chose. Tu ne fais pas partie des "supporters". Je savais qu'on te laisserait continuer au journal. D'ailleurs, c'est ce qui s'est passé. Quelques imbéciles ont ricané derrière ton dos, et puis après ? C'est monnaie courante. J'étais sûre que rien de bien méchant ne pouvait t'arriver. Pour moi, ç'aurait été la fin de tout... » Elle prit sa respiration avant de balbutier. « Toi-même, Elizabeth, tu te serais sacrifiée si je te l'avais demandé !

— Je n'en sais rien !

— Si tu avais su tout ce que cela représentait pour moi ?

— Alors... C'est possible. »

Jessica soupira :

« Je suis sûre que tu l'aurais fait ! Mais tout est allé trop vite. Je n'ai pas eu le temps de me confier à toi. Tu sais, Liz, tout ce que tu représentes pour moi. Je ne pourrai plus vivre si tu ne me pardonnes pas ! Liz, je t'en prie ! »

Cette fois, Jessica était sincère et Elizabeth ne put résister.

« Je ne peux pas t'en vouloir éternellement. »

Jessica se jeta dans ses bras avec un tel élan de tendresse que la pauvre Elizabeth fut à moitié étouffée.

Elle étreignit sa sœur à son tour. Rien ne pouvait ni ne pourrait jamais les opposer. Elles ne pouvaient vivre l'une sans l'autre.

Le visage de Jessica s'était éclairé. Elle paraissait soulagée. Impossible de lui en vouloir, pensa Elizabeth. L'essentiel n'était-il pas de rendre Jessica heureuse ? Elle l'était en ce moment.

Mais tout n'était pas fini pour autant. Elizabeth avait une petite revanche à prendre. Elle savait exactement ce qu'elle allait faire. Son plan était machiavélique. Todd était dans le secret. Il aurait son rôle à tenir !

18

Elizabeth se regarda une dernière fois dans la glace. Tout allait bien. Elle se tourna pour vérifier les plis de sa jupe. Enfin, elle allait porter son nouvel ensemble. Le jour lui semblait bien choisi ! « En place pour l'acte II », se dit-elle.

« Jess, es-tu prête ? Todd va arriver d'une minute à l'autre !

— Je ne vois pas pourquoi il faut que j'aille au match avec vous ! Je pourrais prendre la Fiat, ronchonna Jessica.

— Pas sans les clefs. Maman a oublié de nous les laisser !

— Todd et toi allez passer votre temps à vous embrasser devant moi...

— Nous serons discrets, Jess ! Je ne veux pas te gêner. »

« En scène pour le troisième acte », se dit Elizabeth. Elle prit un verre d'eau sur la coiffeuse et s'arrangea, comme par maladresse, pour le renverser sur le chemisier blanc et la mini-jupe de Jessica.

« Quelle empotée ! Regarde ce que tu as fait !

— Oh, je suis désolée, Jess. Laisse-moi arranger ça.

— Nous n'avons pas le temps. Mais que vais-je me mettre sur le dos ? Je n'ai rien de prêt !

— C'est ma faute ! A moi de t'aider, dit Elizabeth sur un ton faussement contrit. Mon jean et le chemisier qui va si bien avec rentrent de chez le teinturier ! Mets-les, tu en mourais d'envie !

— Tu es sérieuse, Liz ? Tu me prêtes ton ensemble ?

— Oui, pour cette fois ! »

Jess se changea en un tour de main et s'admira dans la glace :

« C'est étonnant, Liz, regarde !

— Tu es sensationnelle, Jess.

— Oui, mais avec ton ensemble on me prendrait pour toi ! Nous sommes exactement pareilles. »

Elizabeth dut se retenir pour ne pas se tordre de rire. Tout se déroulait comme prévu !

« C'est vrai, Jess, c'est fou ce que tu me ressembles.

— Qu'est-ce que c'est que cet horrible raffut ?

— C'est Todd. Sa voiture a des ennuis de pot d'échappement. Viens vite, il ne faut pas le faire attendre. »

Les deux jumelles se précipitèrent à sa rencontre.

Le clin d'œil malicieux qu'Elizabeth lança à Todd échappa à Jessica trop occupée à se plaindre. Avait-on idée d'avoir une voiture aussi déglinguée !

Le temps d'arriver au collège, de parquer la voiture et de se rendre sur le terrain où la foule s'amassait, Elizabeth était prête à lancer la phase 4 de l'opération !

Les « Droids » étaient déchaînés. Diana Larson improvisait un solo de batterie en attendant que le match commence.

« Je dois voir Diana pour mon article. J'en ai pour une minute, lança Elizabeth avant de disparaître.

— Moi aussi, j'ai deux mots à dire à Lisa et à Clara, Todd. Ne bouge pas, je reviens, déclara Jess, rancunière.

— Tu ne vas pas me laisser seul planté là, Jess ! Je ne connais personne ! » plaisanta Todd en la retenant par le bras. Il se pencha vers elle avec un sourire enjôleur.

« Ne fais pas la bête ! lança Jessica, incapable toutefois de résister au charme d'un garçon. Je vais attendre qu'Elizabeth revienne, mais je ne sais pas si tu le mérites !

— Merci, Jess, Elizabeth sera contente ! »

Elizabeth avait rejoint Diana qui venait de finir son numéro.

« Salut, Jess ! Tu es sensass ! A côté de toi les autres ont l'air de s'être habillées à l'Armée du Salut !

— Ça me fait plaisir que tu aimes cet ensemble », minauda Elizabeth, arborant le sourire irrésistible de Jessica.

Le piège innocent se refermait comme prévu !

« Diana, je t'annonce la nouvelle de l'année ! »

On sait que la tradition voulait que, chaque année, le responsable de la rubrique « Les Yeux et les Oreilles », si on le démasquait, soit précipité tout habillé dans la piscine. Peu y avaient échappé. Il y avait toujours une fuite, pendant le dernier trimestre, et Elizabeth soupçonnait M. Collins d'en être l'auteur. Cette année, ce serait quelqu'un d'autre !

« Je connais l'auteur des articles ! dit-elle, imitant à la perfection le ton de Jessica.

— Fantastique, Jess ! On va s'amuser avant que le match commence. Qui est-ce ?

— Ma sœur, Liz !

— Ta sœur ? Tu lui joues ce tour ?

— Bah, une petite baignade ne lui fera pas de mal. Elle a tendance à être un peu trop sûre d'elle-même, tu ne trouves pas ?

— C'est vrai. Comme elle a le sens de l'humour, elle sera la première à en rire ! Où se cache-t-elle ?

— Où veux-tu que ce soit ? Là-bas, à côté de son cher Todd Wilkins !

— OK, on va annoncer la nouvelle. »

Diana sauta sur l'estrade et s'empara du micro :

« Ecoutez tous ! Que fait-on à l'auteur des "Yeux et les Oreilles" quand on le démasque ? »

Un seul cri lui répondit : « A l'eau !

— Eh bien, allez-y ! C'est Liz Wakefield. Elle est là près de Todd Wilkins. »

Les regards se tournèrent vers l'endroit que Diana leur montrait.

Jessica s'était figée.

« Oh non, ils me prennent pour Liz ! Arrête-les. Aide-moi, Todd ! »

Riant franchement, Todd s'écarta d'elle :

« Rien à faire, Liz ! C'est la règle. Approchez, les amis, je vous la laisse ! »

Jessica se sentit saisie par les bras et par les jambes, portée vers la piscine dans une joyeuse rumeur.

« Arrêtez, bande d'idiots, vous ne voyez pas que je suis Jessica ? Arrêtez donc ! »

L'un des garçons s'écria :

« On ne nous la fait pas, Liz ! Ta sœur est sur l'estrade en train de se tordre avec Diana ! Je crois bien que c'est elle qui t'a donnée ! »

« Un, deux... trois ! » Jessica, gigotant et criant comme une furie, fut précipitée dans la piscine dans un grand éclaboussement d'eau.

Crachant, toussant, elle gagna le bord, pour voir Elizabeth lui dire, moqueuse :

« Tu as raison, Jess, c'est fou ce que tu me ressembles, aujourd'hui ! »

Jessica était folle de rage :

« C'est vous qui m'avez piégée. Vous avez tout manigancé. C'est dégoûtant. Je ne le vous pardonnerai jamais ! Pas même dans cinq cents ans !

— Remets-toi, Jess. On te laisse aller te sécher. »

Bras dessus, bras dessous, Elizabeth et Todd s'éloignèrent en riant.

Après le match, Todd reconduisit Elizabeth chez elle. Ils se séparèrent enfin après s'être longuement embrassés et avoir échangé de tendres promesses.

Appuyée contre la porte, Elizabeth regarda Todd démarrer, toute à son bonheur qui allair durer longtemps.

C'EST CE QUE VOUS DÉCOUVRIREZ
EN LISANT LE PROCHAIN VOLUME
DE LA SÉRIE INTITULÉ :

La preuve cachée

COVER GIRL Yvonne GREENE

« La directrice de *Photo Star* croit que tu peux avoir un grand avenir de mannequin.
– *Photo Star !* Mais c'est l'une des plus importantes agences de New York… Oh ! Maman, je ne sais quoi dire, c'est tellement inespéré… »
Soudain, je songeai à Greg et à notre rendez-vous. Qu'allait-il penser de ma nouvelle « profession », lui qui déteste la mode et le maquillage ?

LA FILLE AUX YEUX VERTS Suzanne RAND

Je faillis lui jeter le flacon de parfum à la figure et lui dire de le garder pour *son* amie Pam.
J'étais furieuse et découragée. La bague, la chevalière du lycée, par laquelle il pouvait se lier avec une fille, était encore à son doigt…
Il allait l'offrir à cette Pam, j'en étais persuadée…

LA CHANSON DE LAURIE Suzanne RAND

"J'ai carrément piqué un fard quand Skip, la coqueluche du lycée, m'a proposé de prendre un pot.
Il écrivait des textes pour son groupe de rock.
Je lui proposais un coup de main.
Il me brancha sur le couplet sur lequel il ramait.
Les mots jaillirent de ma bouche… au feeling !
Bluffé le play-boy ! Dès cet instant je n'avais plus qu'une idée : chanter en duo avec lui."

LA NUIT DU CAMPUS Debra SPECTOR

Tout a débuté quand le professeur d'économie politique a lancé :
« Barbara Vreeland et Michael Mc Nally ».
Les deux étudiants devaient préparer *ensemble* un exposé !
Barbara était effondrée : depuis l'âge de six ans elle se disputait avec Michael. Tout semblait les opposer et la décision du professeur était absurde.
Mais Barbara et Michael avaient peut-être changé sans s'en rendre compte…

LA FILLE DE CALIFORNIE Janet QUIN-HARKIN

Je restai un long moment, les yeux fixés sur la porte de la cafétéria, essayant de calmer mon mal du pays. Ah ! La Californie !
Tout à coup, je sentis que quelqu'un me regardait, je tournai vivement la tête : dans la pénombre, un garçon brun m'observait attentivement.
« Pourquoi me regarde-t-il ? » me demandai-je en baissant les yeux sur mon sandwich. Gêné, il rangea les papiers qui traînaient sur sa table, un feuillet tomba par terre, devant moi... c'était mon portrait...

AVANTAGE PERDU Janet QUIN-HARKIN

« Balle de match ! »
Je n'en pouvais plus...
C'était la première fois que je jouais contre Rick, le champion du club et aussi le plus beau garçon...
Jusque-là, j'avais soutenu son rythme, mais il acceptait très mal les points que je gagnais.
– «Alors Joanna ?... » fit-il plein de mépris.
Par un ultime effort sur moi-même, je rassemblai toute mon énergie. Mon service fut impeccable. Rick n'avait pas bougé.
« Avantage perdu ! » De rage, il jeta sa raquette par terre et disparut comme une bombe.
– « Rick !... »
Comme histoire d'amour, ça commençait bien !...

COURSE SANS FIN Joanna CAMPBELL

Jill regarda le garçon s'éloigner sur son magnifique cheval.
« Il est vraiment sympa, dit-elle à Maura.
– Je le trouve très prétentieux.
– Au cas où tu ne l'aurais pas remarqué, il n'a pas cessé de te dévorer des yeux. »
Maura était trop occupée à s'entraîner en vue du concours hippique pour avoir envie de perdre son temps avec les garçons.
Mais son amie Jill semblait bien décidée à lui changer les idées avant la fin de l'été.

MA SŒUR AVAIT RAISON Yvonne GREENE

«Cindy, je ne comprends rien!
— Mais, maman... Christine a tout tenté pour me voler Ron!
— Comment ta sœur aurait-elle pu faire une chose pareille!»
Furieuse, je décidais d'aller voir Ron immédiatement. Il fallait bien qu'il avoue!
J'allais sonner lorsqu'un bruit m'attira vers la fenêtre du premier étage, celle de Ron... J'approchai. Un garçon et une fille s'embrassaient passionnément... Christine et Ron! Je faillis hurler...

LE PIÈGE DE L'ÉTÉ Barbara CONKLIN

« Sale menteuse! cria Cliff. J'en ai marre de toi, marre de cette maison!
– Pauvre idiot, va! hurlai-je sans réfléchir. Tout le monde sait que ton père ne te reprendra jamais. Tu es vissé ici, Cliff Morrow, et tu ferais mieux de t'y habituer tout de suite! »
Rien n'allait plus, cet été, depuis que Cliff et sa mère s'étaient installés chez nous : avec l'Amour, je découvrais la Haine…

UN ÉTÉ QUI S'ANNONCE MAL Melinda POLLOWITZ

Malgré les difficultés qu'elle éprouvait à s'adapter au mode de vie de ses très riches cousins, Amy se prit à goûter au luxe, en rêvant au baiser que venait de lui donner Guy.
Pourtant, quelque chose la gênait, lui nouait le cœur, une image la troublait. Pete l'avait tout de suite attirée, car il semblait plus sérieux et plus aimable que Guy, plus naturel en somme.
Mais pouvait-elle choisir? Le devait-elle, seulement? Décidément, songea Amy, ces vacances vont être compliquées.

SI JE DANSE AVEC TOI... Jocelyn SAAL

« Polly, tu vas vraiment passer cette audition pour être la doublure de Shirley MacLaine ?
– Tu m'ennuies, Jennyfer. Je voudrais bien savoir ce que tu ferais à ma place !
– Le problème n'est pas là.
– Où est-il alors ? Tu ne cesses de me faire des remarques, des reproches. Je te croyais ma meilleure amie, tu parles !
– Oh ! Pourquoi changes-tu tellement Polly ? Tu n'as jamais été comme ça... seulement... depuis que tu es avec lui... »

Sweet Dreams

IMPRIMÉ EN FRANCE PAR BRODARD ET TAUPIN
58, rue Jean Bleuzen - Vanves - Usine de La Flèche, 72200
Loi n° 49-956 du 16 juillet 1949 sur les publications destinées à la jeunesse.
Dépôt : mars 1986.